AF610763

CHASSES AUX TIGRES

1re SÉRIE IN-12.

CHASSES AUX TIGRES DANS L'INDE

PAR

W. DARVILLE

LIMOGES
EUGÈNE ARDANT ET Cie, ÉDITEURS.

—

CHASSES AUX TIGRES

CHAPITRE 1er.

Conversation de deux officiers anglais. — Leur entrevue avec lord Churchill. — Détails donnés par lord Churchill. — Association.

Un an environ après la révolte des cipayes étouffée dans le sang, deux officiers anglais de de l'armée des Indes se trouvaient étendus dans des hamacs, à l'ombre d'une véranda.

— Brown, dit l'un à son camarade, en lui présentant un journal, lisez cette singulière réclame.

English, l'autre officier, prit le journal et lut à haute voix cet article : Le lord Churchill demande, pour une expédition sérieuse contre les tigres qui causent des désolations continuelles dans le pays, des chasseurs qui réuniront les conditions suivantes :

1° Santé robuste et capable de résister aux fatigues et aux privations ; 2° une grande habileté dans le tir du fusil, du sang-froid, et des nerfs peu impressionnables.

Lord Churchill fera les frais de l'expédition et ne demande aux compagnons qui s'adjoindront à lui qu'un armement complet tel qu'il le désignera à la réunion qui aura lieu à l'hôtel d'Angletere, le dix de ce mois.

— Que pensez vous de cette réclame ? demanda Brown à son ami

— Je pense, répondit English, qu'il vaudrait mieux aller combattre les tigres, qui sont les ennemis naturels de l'homme, que ces malheureux Indous que nous opprimons, et que nous armons les uns contre les autres.

Oh ! Brown, depuis que j'ai vu les cipayes attachés à la bouche de nos canons, et nos troupes rangées des deux côtés, attendant en silence l'épouvantable exécution ; depuis que j'ai vu au milieu de la fumée, après le bruit des détonations, des membres broyés lancés en l'air, et retombant sanglants sur le sol, je vous l'avoue, ami, la guerre de l'homme à l'homme m'a semblé un crime affreux, que doit réprouver le père commun Dieu.

Brown déposa la longue pipe orientale dont il tirait des vapeurs odoriférentes, et répondit à son ami : Nous sommes liés dès l'enfance ; c'est dans les montagnes de l'Ecosse que se passèrent nos premières années, comme si notre destinée eût été liée mystérieusement : nous avons pris ensemble la route des Indes et sommes entrés le même jour dans l'armée anglaise. Comme vous, English, les horribles répressions, les massacres commis après l'extinction de la révolte des cipayes, m'ont inspiré des sentiments de répulsion pour la guerre. Que faisions-nous, en effet, nous autres, soldats? nous combattions un peuple que nous avions asservi, dont nous blessions les mœurs et les croyances religieuses à chaque instants, et dont nous enlevions les enfants les plus vigoureux pour en faire des soldats courbés sous le régime de fer de la discipline, et que nous lancions contre leurs frères qui réclamaient leur légitime indépendance.

Eh bien ! ces hommes enrégimentés par nous, disciplinés par nous, voyant leurs croyances religieuses insultées, leurs mœurs bafouées, dans un instant de désespoir se sont levés contre leurs oppresseurs; notre science militaire, la supériorité de nos armes les ont broyés, et nous les avons vus périssant à la bouche de nos canons, non sur le champ de bataille, mais après qu'ils étaient vaincus, qu'ils n'étaient plus à craindre; et l'Angleterre offert pour la terrification des peuplades indoues des holocaustes plus horribles que ceux que les farouches Mexicains offraient à leurs dieux après leurs victoires.

— Comme vous, ami, j'ai pris en horreur la guerre des hommes contre les hommes, dont le seul but est la satisfaction des ambitieux.

— Que pensez-vous de cette réclame, Brown? Puisque nous avons pris les armes pour la destruction, ne vaut-il pas mieux les tourner contre les grands carnassiers, qu'il est du devoir de tout homme de cœur de faire disparaître de la surface de la terre?

— Ainsi, vous seriez d'avis de répondre à l'appel de lord Churchill, et d'aller combattre des ennemis, qui, sans fusils, sans baïonnettes, sans canons, sont plus dangereux que des compagnies d'hommes armés.

— Ami, plus il y aura de dangers, plus il y aura de gloire, puisque nous répandrons le sang des ennemis des hommes, et que nous assurerons la sécurité des populations indoues.

— Et la nôtre aussi; vous savez bien que les tigres enlèvent nos coursiers porteurs de nouvelles; qu'ils ravagent nos parcs de bestiaux; et que, dans les contrées où ils révèlent leur présence par des ravages, nous sommes dans la nécessité de nous tenir sous les armes, comme si nousétions en présence de l'ennemi armé.

— Ainsi, Brown, vous seriez d'avis de vous

joindre à lord Churchill et d'aller faire une campagne où l'art militaire ne sert pas à grand chose, où tout est imprévu, où il n'y a de sécurité ni le jour ni la nuit?

— Ce genre de vie me plairait infiniment, English; et si vous l'acceptiez, ainsi que moi, nous ne séparerions point nos destinées, et nous irions chercher d'autres champs de bataille.

Après un entretien assez long, les deux amis tombèrent d'accord. Ils devaient céder leurs commissions d'officiers et aller se présenter à lord Churchill; mais un obstacle surgit dans leur esprit; après avoir relu la réclame de ce dernier, ils se demandèrent s'ils se trouvaient en état de répondre à ce qu'il exigeait de ses compagnons de chasse. Tous deux enfants des hautes terres de l'Ecosse, ils étaient de haute taille et nerveux. Leurs premières années s'étaient passées à la chasse, où ils avaient acquis une haute réputation comme tireurs.

— Brown, dit English, il serait bon de nous présenter chez le lord Churchill, et de savoir s'il nous trouverait dignes d'être associés à sa célèbre expédition. S'il nous accepte, il sera toujours temps de céder nos commissions.

— C'est bien dit, répondit Brown en riant. Deux braves fils de l'Ecosse ne se mettent pas en voyage sans savoir où ils vont.

Un coup de sifflet rassemba leurs domestiques; car dans l'armée anglaise des Indes, chaque officier a une douzaine de domestiques pour le servir. Il leur donnèrent des ordres, et faisant un petit bout de toilette, ils se préparèrent à se rendre à l'hôtel d'Angleterre.

CHAPITRE II.

Entrevue avec lord Churchill. — Epreuves. — Détails donnés par ce dernier. — Association positive des deux officiers Anglais.

L'homme qu'ils y rencontrèrent pouvait arriver à la quarantaine. Grand, peu chargé d'embonpoint, il avait une tête qui annonçait l'homme accoutumé au commandement : ses yeux, d'un noir foncé et saillant, étaient surmontés de deux sourcils de la même couleur et parfaitement arqués. Son nez, presque courbé comme le bec d'un oiseau de proie, avait au-dessous de lui une épaisse moustache d'un noir de jais, sous laquelle s'ouvrait une bouche de moyenne grandeur : le menton était très-fort, et offrait un enfoncement au milieu, ce qui, dit-on, annonce la force de résolution. Quant au front, il était large, haut, et portait deux protubérances très-marquées au-dessus des oreilles; une chevelure abondante couvrait sa forte tête; ce qui frappa les deux visiteurs, ce fut la largeur des épaules, la grosseur des bras, terminés par deux mains petites et aristocratiques.

Une partie de ces détails leur aurait échappé si, à cause de la grande chaleur, lord Churchill n'eût été revêtu d'une simple chemise en toile des Indes.

Son accueil fut des plus gracieux, et, après les premières paroles de bienséance, il les engagea à s'asseoir sur un divan, et, se mettant en face d'eux, sur une espèce de fauteuil à l'européenne, il leur demanda franchement ce qui lui valait l'honneur de recevoir la visite de deux officiers de l'armée.

Brown lui répondit :

— Nous avons lu dans le journal de Calcutta l'appel que vous faisiez aux chasseurs, pour prendre part à votre expédition contre les tigres, et nous venons à vous pour savoir si vous nous trouverez dignes de vous accompagner.

— C'est ce que nous allons voir sur-le-champ, répondit Churchill en se levant. Veuillez prendre la peine de me suivre.

Ils descendirent dans un appartement au rez-de-chaussée, devant lequel s'étendait un vaste jardin couvert d'arbres et de plantes tropicales. Ils furent surpris en entrant dans cet appartement rempli d'objets de toute espèce, propre au charronnage et à la mécanique. Presque au milieu se trouvait une enclume, et à côté deux lourds marteaux.

— Voyons, leur dit-il en souriant, si votre force répond à l'apparence de votre corps : voilà ce que je puis faire, moi qui suis plus âgé que vous. Et, mettant un rouleau de bois sur l'enclume, il souleva de la main droite un des marteaux, et lui faisant décrire un demi-cercle, il aplatit le rouleau. Présentant ensuite le marteau à Brown, qui se trouvait le plus près de lui.

— A votre tour de faire l'épreuve, lui dit-il.

Le vigoureux fils des montagnes d'Ecosse saisit le marteau, et opéra ce qu'avait opéré Churchill.

— Bien ! bien ! s'écria ce dernier avec joie, à votre compagnon maintenant.

English, plus grand et plus vigoureux que Brown, choisit un rouleau plus gros, le mit sur l'enclume, où il l'applatit. Churchill paraissait rayonnant.

— Ce n'est pas tout, leur dit-il, de faire preuve d'une grande vigueur musculaire ; quelque fort que soit un homme, d'un coup de patte un tigre l'assomme. Les forces sont nécessaires pour soutenir la fatigue et les privations, mais il faut des armes pour abattre un tigre ; vous êtes militaires, vous devez savoir vous en servir, je n'en doute pas. Passons à l'épreuve du tir.

Le jardin, comme nous l'avons dit, était fort long, l'allée du milieu très-large ; au bout de cette allée ils aperçurent une planche noire, sur laquelle étaient tracés à la craie des cercles concentriques, dont le plus petit avait à son milieu une tache blanche, large comme une guinée. Churchill frappa dans ses mains. Un grand nègre apporta une carabine. Churchill la chargea, fit compter cent cinquante pas jusqu'à la planche noire, puis, revenant se placer au point de départ, il ajusta rapidement, et sa balle alla se loger au centre des cercles.

— A votre tour, messieurs les officiers, leur dit-il. Chargez vous-mêmes l'arme, et tirez.

Ce fut English qui, le premier, tenta l'épreuve. Sa balle s'enfonça entre le second et le troisième cercle.

— C'est bien, dit Churchill ; la tête d'un tigre offre plus d'espace. Le coup d'œil ne manque pas ; je ne puis éprouver quel sang-froid vous auriez en présence d'un animal aussi féroce que le tigre.

Brown prit l'arme, la chargea avec soin, mais il mit trop de temps à viser le but. Sa balle s'enfonça sur le troisième cercle.

— Permettez-moi de vous faire observer, lui dit Churchill, que pour la chasse à laquelle vous vous proposez de prendre part, on n'a pas le temps de viser à son aise, et qu'il faut être aussi prompt que l'animal que l'on attaque.

Allons, vous pouvez être de bons et dignes chasseurs. Veuillez accepter des rafraîchissements que je vais vous offrir.

Ils retournèrent dans l'appartement où ils avaient trouvé Churchill, et où le noir apporta sur un plateau les rafraîchissements du pays.

La conversation s'engagea, et ce fut Churchill qui la soutint presque seul.

— Vous autres, gens de guerre, leur dit-il, quand vous allez au combat vous voyez des hommes armés devant vous, vous entendez le bruit de la fusillade, les roulements du canon qui vous électrisent, et la lutte s'engage d'assez loin pour que vous ne voyiez pas face à face votre ennemi.

— Pardon, lui dit English, quand il y a des charges à la baïonnette, il faut bien le voir face à face.

— C'est vrai, lui répondit en souriant Churchill, mais chaque homme a presque toujours un seul homme devant lui; il est armé comme lui, et le combat peut sembler égal. Mais représentez-vous le tigre royal des djungles, ayant une tête énorme, des yeux sanglants, des dents longues et pointues, et une longueur de sept à huit pieds. Je ne parle point des pattes ni des griffes, pattes presque aussi grosses que la cuisse d'un homme de moyenne taille. Réunissez tous ces moyens d'attaque servis par une force musculaire et une vitesse prodigieuse, et vous comprendrez qu'une charge à la baïonnette ne peut être comparée à l'attaque d'un tigre.

J'ai vu un de ces animaux qui s'était introduit dans une enceinte où les Indous ferment leurs bestiaux, sauter par-dessus cette palissade, chargé d'une génisse, et se retirer avec autant de facilité que s'il n'eût emporté aucun poids. La balle de la carabine de mon noir tua la génisse, et le tigre se réfugia dans les djungles. Je vous dis toutes ces choses, ajouta-t-il, non pour vous effrayer, je sais que la peur n'entre pas dans la poitrine d'un officier anglais, mais pour vous prévenir qu'il faut avoir le coup d'œil juste, la main ferme, et viser à la tête de l'animal.

Dans mes premières chasses, j'étais accompagné d'une dizaine d'hommes bien armés ; un tigre reçut six balles et put encore tuer deux de mes hommes. Une blessure à la tête ou derrière l'oreille peut l'abattre ; une blessure au défaut de l'épaule peut ne lui laisser que trois pattes de disponibles, mais il ne bondit pas moins sur vous, et malheur au chasseur sur lequel tombe sa rage, il est déchiré en quelques minutes. Les blessures que le tigre reçoit dans le corps ne l'empêchent pas de combattre comme s'il n'en avait reçu aucune. Etes-vous maintenant décidés à devenir des chasseurs utiles qui, au lieu de tuer des hommes, tuent des monstres qui font la désolation des pays qu'ils parcourent?

Le tigre est un animal nomade; toujours les habitations des bourgades autour desquelles il rôde éprouvent les effets de son insatiable avidité.

Dès qu'il a ravagé une contrée, il passe dans une autre avec sa femelle et ses petits. Là, il recommence ses déprédations, dont on peut juger par la quantité d'aliments dont il a besoin, lui et sa famille. Un tigre seul peut dévorer un bœuf en vingt-quatre heures ; la tigresse n'est pas moins vorace, devant allaiter ses petits.

Vous pouvez juger quels sont les ravages et les pertes que subissent les cantons qu'ils envahissent. Diminuer les désastres causés par ces terribles animaux, tant sur les bestiaux que sur les hommes, c'est rendre à la société anglaise de plus grands services que la conquête d'une province. On ne nous élèvera pas des arcs de triomphe comme à ceux qui ont détruit leurs frères. On ne nous accablera pas d'honneurs, et cependant nous aurons plus fait qu'eux.

Les deux officiers anglais reconnurent la vérité de ces paroles, et promirent de s'associer à son entreprise.

— Mais, dit English, je la trouve tellement dans l'intérêt général de l'Inde, que vous devriez, milord, vous adresser au gouvernement pour obtenir l'autorisation de parcourir les contrées soumises aux Anglais, avec ordre de vous donner aide et protection dans toutes les circonstances.

— Cet ordre, je l'ai, répondit Churchill, et j'ai refusé une subvention assez considérable parce que mes projets s'étendent plus loin que notre première expédition. De votre côté, allez vous occuper de la cession de vos grades et de l'autorisation de m'accompagner. Mais avant de nous séparer, je veux vous donner une idée de mes préparatifs pour notre expédition.

Il les conduisit dans l'appartement où la première expérience sur l'enclume avait été faite, et où se trouvaient des matériaux dont les deux Anglais n'avaient pu apprécier l'usage.

— Avec ces roues et ces madriers, leur dit Churchill, je suis en train de faire construire deux chariots qui, au besoin, seront pour nous des forteresses roulantes. Rien n'y sera ménagé pour notre bien-être; après les dangers et les émotions violentes, l'homme a besoin de sécurité et de repos. Il nous faut des provisions de bouche et des munitions de guerre. J'ai appris durant les deux ans que j'ai vécu au milieu des boërs de la terre de Natal, comment on emménageait ces deux provisions.

Au jour du départ fixé, tout sera prêt, et lorsque le nombre des associés que je désire sera complet, nous fixerons, dans un conseil, notre manière d'agir et notre marche dans le pays. Ne portez aucun jugement sur ce que vous ne voyez pas encore; ayez, ajouta-t-il en souriant, la foi de saint Thomas; vous verrez et vous jugerez.

Là-dessus, ils se séparèrent de lord Churchill, pleins de confiance dans ses projets, tout en le trouvant un peu excentrique dans la manière dont il les préparait.

Pour eux, la grande affaire était la cession de leurs commissions (grades) et l'assentiment de leurs chefs supérieurs.

Ils allèrent donc trouver le général, et lui exposèrent avec une sorte d'inquiétude l'intention où ils étaient de céder leurs grades, ou commissions, et de prendre part à l'expédition contre les tigres. Loin de s'opposer à ce projet, le général les loua du parti qu'ils voulaient prendre, et ajouta avec bienveillance :

— Si des prétendants à vos grades ne se présentent pas, le gouvernement vous tiendra compte du prix qu'ils vous ont coûté, et si vous revenez sains et saufs, vos grades vous seront rendus dans l'armée anglaise, car vous aurez combattu pour ses intérêts, lorsque nous nous reposons après nos victoires.

Un instant après, il ajouta :

— Ce lord Churchill est un homme peu ordinaire ; j'ai appris qu'il avait passé deux ans chez les boërs de la terre de Natal, et que, comme chasseur, il s'y était acquis une grande réputation.

— Tenez, reprit-il en prenant un papier déposé sur le bureau, voici ce qu'on nous écrit des cantonnements anglais sous ma juridiction. Trois de nos porteurs de dépêches ont été dévorés la semaine dernière par des tigres. Onze autres habitants ont subi le même sort ; quant au nombre de chevaux et de bêtes à cornes qui ont été dévorés, on ne nous le dit pas, tant il est grand. Allez, braves gentlemen, vous combattrez encore pour l'Angleterre, et je ferai valoir vos droits. Seulement, je vous prie de tenir un journal aussi régulier que possible, et de me l'envoyer quand vous en trouverez l'occasion favorable.

Satisfaits d'une réception aussi bienveillante de la part de leur général, les deux officiers anglais, après s'être rendus à leur cantonnement et avoir prévenu leurs chefs supérieurs de ce qui venait de se passer, partirent pour Calcutta, afin de faire les préparatifs nécessaires à leur expédition.

Sans être riches, comme le sont presque tous les cadets nobles de l'Ecosse qui s'engagent dans les rangs de l'armée des Indes pour y faire fortune, ils possédaient assez pour faire face largement aux besoins de leur équipement.

Loin de les avoir détournés de leurs projets, les dangers que leur avait fait prévoir lord Churchill ne firent qu'exciter leur enthousiasme et le désir de se mettre en campagne le plus tôt possible. Ils visitèrent tous les armuriers de la ville, firent un choix d'armes de première qualité, sans oublier ce que les Anglais n'oublient jamais, tout ce qui pouvait satisfaire leur sensualité, et les mettre à même de supporter les fatigues de leur campagne contre les tigres. Leurs armes étaient excellentes, mais ils oublièrent de faire l'acquisition de vêtements convenables à des hommes qui devaient traverser les djungles, là où circulent tant de serpents venimeux ; et exposés à séjourner dans des lieux bas, humides et malsains.

Le prévoyant lord Churchill avait tout préparé pour ses compagnons de chasse et put réparer les inconvénients de leur oubli.

CHAPITRE III.

Réception des associés chasseurs. — Conversation avec un Yankee. — Satisfaction de lord Churchill. — Achèvement des préparatifs de départ, et prévoyance du chef de l'expédition.

Cependant, lord Churchill attendait les prétendants à l'association de chasse. Trois se présentèrent le lendemain de l'entrevue avec les officiers anglais. Un seul put subir d'une manière satisfaisante les épreuves ; c'était ce que les Anglais nomme un Yankee ou Américain ; grand, fort et alerte, il avait passé ses premières années à la guerre avec les Peaux-Rouges du nord de l'Amérique. Habile tireur, presque autant que lord Churchill il possédait comme lui un sang-froid inébranlable. Jamais Peau-Rouge n'avait déployé plus de sagacité, plus de ruses pour l'attaque et pour la défense : le danger le trouvait immobile comme une statue; il y faisait face avec vigueur prestesse, et s'était tiré des dangers les plus imminents.

Lord Churchill eût été enchanté de cette acquisition; mais il voulait un cœur droit et un dévouement sans bornes à son œuvre.

— C'est bien, lui dit-il, nous allons être associés, mais la confiance doit exister entre nous. Quels sont vos antécédents? Un honnête homme ne s'allie qu'à un autre honnête homme; car, rappelez-vous-le bien, nous allons nous associer pour une expédition on ne peut plus dangereuse: les bisons, les ours noirs, les jaguars de votre Amérique ne sont rien auprès des ennemis que nous allons combattre.

— Mes antécédents, répondit froidement le Yankee, je vous les dirai avec la franchise d'un homme qui a passé une grande partie de sa vie dans les forêts.

Fils d'un planteur américain, j'ai vu la maison de mon père incendiée par les Peaux-Rouges. J'étais jeune alors, mais le spectacle que j'eus sous les yeux ne s'est jamais effacé de ma mémoire. Je jurai haine et vengeance aux incendiaires. Recueilli par charité par des colons moins avancés dans la contrée, l'idée de la vengeance s'enracina tellement dans mon cœur, que je m'associai à toutes les expéditions contre les

Peaux-Rouges. Ce fut dans ces expéditions que mon corps se développa, et que je devins un des tireurs les plus habiles, comme vous avez pu le voir dans l'épreuve que vous m'avez fait subir : ni ma main ni mon cœur ne tremblent, quand je suis en face de l'ennemi, et je crois pouvoir vous seconder dans l'entreprise honorable de chasser les plus grands ennemis de ces contrées.

— Mais pourquoi êtes-vous venu à Calcutta? lui demanda lord Churchill.

— Pourquoi y êtes-vous venu vous-même? lui répliqua imperturbablement l'Yankee.

— J'y suis venu, parce que, comme vous, la passion de la chasse, mais non de celle que l'on fait aux animaux sans défense, m'y a conduit.

— Que parlez-vous de nos bisons, qu'un coup de fusil jette dans le trouble? de nos ours noirs ou bruns, animaux qui ne sont dangereux que pour ceux qu'ils surprennent? J'ai épuisé, au-delà de l'Océan, toutes les émotions que ces chasses pouvaient me donner ; j'ai appris qu'il existait dans l'Inde des animaux beaucoup plus terribles, et je suis venu dans l'intention de les chasser.

— Mais, dit Churchill, avez-vous des ressources pécuniaires?

— Ah! ah! s'écria l'Yankee, vous êtes comme

les hommes de notre terre d'Amérique : de l'argent, et toujours de l'argent, voilà la question que l'on nous jette toujours au visage.

Lord Churchill éprouva un instant de rougeur, et considérant l'homme qu'il avait devant lui, il admira la vigueur de ses formes et l'expression énergique de ses traits.

— Vous me comblez, lui dit-il, mais ne vous offensez pas, quand je vous demande si vous avez les ressources nécessaires pour prendre part à l'expédition que j'ai projetée.

L'Yankee sourit, et lui répondit :

— J'ai vendu pour mille dollars de peaux ; j'ai reçu cent dollars sur le passage du Missouri, où je m'étais embarqué comme premier matelot : cela suffit-il, milord?

La brutale franchise de l'Yankee ne déplut point à Churchill, il lui répondit :

— Vous avez dû lire dans le journal de Calcutta ma demande de chasseurs associés dans mon expédition contre les tigres. Puisque vous vous présentez aujourd'hui chez moi, vous devez donc savoir que je me suis chargé de tous les frais de l'expédition, sauf de ceux de l'armement de chaque individu. Donnez-moi votre nom, votre adresse, préparez-vous au départ, et soyez un de mes chasseurs.

— Cela suffit, milord, je serai prêt; au jour et

à l'instant du danger, vous verrez qu'un Yankee ne sourcille pas.

Ils se séparèrent.

Un assez grand nombre d'hommes se présentèrent à l'hôtel d'Angleterre pour être admis à faire partie de l'expédition. Trois, seuls, subirent les épreuves convenablement, entre autres un naturaliste français qui voyageait depuis deux ans dans l'Inde. Cette adjonction plut à Churchill : il avait reçu une belle éducation, et voyait avec plaisir la science s'associer à son entreprise.

Il ne désirait que six hommes adjoints à lui et à son nègre. Ce nombre rempli, il s'occupa activement de ses préparatifs de départ.

Deux voitures montées sur quatre roues, et de la longueur de quatre mètres, furent construites sous ses yeux : il y mit tout ce qu'il avait appris chez les boërs dans leur émigration ; puis, songeant au bien-être autant qu'on peut se le procurer dans de pareilles entreprises, il rassembla tout ce qui pouvait y concourir, sans oublier les armes et les munitions. La suite de ces récits nous fera voir qu'il avait tout prévu, et que réellement ces deux grands chariots étaient des forteresses ambulantes.

2

CHAPITRE IV.

Le départ. — Incident. — Halte du milieu du jour. — Lord Churchill fait comprendre à ses compagnons que s'ils se sont crus bien préparés à leur expédition, ils ont oublié l'article essentiel, le vêtement. — Traversée dans l'île. — Nuit terrible. — Deux tigres tués. — Les chasseurs blessés ou contusionnés. — Phlox. — Spectacle affreux en retournant à la barque.

Le 19 du mois de décembre, deux longs et larges chariots sortaient de la ville de Calcutta. Ils étaient peints en vert, et la partie infèrieure du dessous offrait la forme d'une barque. Deux chevaux étaient attelés à chacun des chariots, autour desquels huit cavaliers, parfaitement montés, et portant deux fusils en bandoulière, suivaient les pas lents des chevaux qui traînaient les chariots. Une meute composée de chiens de haute taille et de toute espèce suivait les cavaliers. Un de ces chiens, remarquable par ses formes athlétiques, sa belle tête pleine d'intelligence, et le large collier armé de pointes de fer, suivait le cavalier qui marchait en tête.

Ce bel animal appartenait à la race des terre-neuviens, mais jusqu'alors on avait pas vu d'animal d'une aussi haute stature et de si belles proportions. Il suivait les pas du chef de l'expédition, que nous connaissons déja, et entre lui et son maître il paraissait exister un singulier attachement. Cette petite troupe cheminait à quelque distance des rives de l'Hougly, lorsqu'elle entendit derrière elle le bruit du galop d'un cheval monté par un personnage qui faisait de grands signes et agitait son mouchoir.

Lord Churchill s'arrêta pour l'attendre, pensant qu'il apportait quelques nouvelles. Dès que l'étranger se fut approché de lui, il s'écria avec volubilité :

— Etes-vous le chef de cette troupe, lord Churchill ?

— C'est moi, répondit-il, que me voulez-vous?

— Je veux vous accompagner, et mes services vous seront aussi utiles qu'à la science. Botaniste et médecin, je veux faire partie de votre louable expédition. J'en ai entendu parler trop tard pour me rendre à votre hôtel, mais j'ai hâté mes préparatifs, et me voilà.

Churchill jeta sur lui un regard pénétrant, un de ces regards que lancent les hommes seuls habitués à l'observation. Le nouveau personnage était de petite taille, mais parfaitement proportionnée; son visage annonçait la franchise et la détermination. Il comprit sur-le-champ l'utilité d'un pareil homme, s'il était ce qu'il disait être.

— Vos services, je les accepte, lui répondit Churchill ; c'est peut-être un oubli que j'ai commis en ne nous associant pas un homme de votre art ; mais, avez-vous bien pesé votre résolution ? notre vie va être pleine de dangers et de fatigues, et vous devez connaître les ennemis que nous allons combattre ?

— Ah ! bast ! répondit le nouvel arrivant ; depuis près de cinq ans je parcours presque toujours seul ces contrées de l'Inde, infectées de carnassiers, et vous le voyez, milord, les tigres n'ont pas encore rongé mes os. Cependant, je les ai vu d'assez près, et grâce à mon sang-froid, je me suis toujours tiré d'affaire : j'accompagnais le messager sur lequel un tigre s'élança et lui emporta le sac en cuir qui contenait ses dépêches, croyant avoir fait une très-belle capture. Goddem ! si les tigres savaient lire, en ouvrant le paquet aux dépêches ils en auraient appris de belles sur leur compte.

Malgré son caractère sérieux, lord Churchill ne put s'empêcher de sourire de cette observation, et comprit qu'un compagnon aussi jovial ne pourrait que leur être fort agréable dans leurs haltes, sans compter les services qu'il pourrait rendre en cas de maladies ou de blessures.

C'est alors qu'il aperçut derrière le cavalier deux longues caisses en sapin; il lui demanda ce qu'elles contenaient.

— Ce sont des caisses dans lesquelles je compte mettre papillons, scarabées et insectes de toute espèce, pourvu qu'ils soient rares, ainsi que les plantes que je trouverai dans le cours de votre expédition.

C'est en parlant ainsi qu'ils atteignirent la dernière voiture.

— Malgache, dit le lord à son noir qui s'était arrêté pour l'attendre, débarrasse ce cavalier de ces deux caisses, et place-les dans la voiture.

— Bravo! dit le naturaliste, je commençais à sentir que le bois n'est pas un doux oreiller pour le cavalier.

— Maintenant, lui dit Churchill, permettez-moi de vous demander votre nom; quant à votre nationalité, je reconnais, à votre accent, que vous appartenez au nord de l'Angleterre.

— Mon nom est Will Commerson; vous l'avez dit, milord, j'ai appartenu au nord de l'Angleterre, mais depuis cinq ou six ans j'appartiens à tout pays qui m'offrira des découvertes à faire en botanique et en sciences naturelles.

La petite troupe s'avançait assez rapidement lur une route qui borde la rive droite de l'Hougly : la chaleur devenait accablante, la sueur ruisselait sur le front de ses compagnons, et lorsqu'ils arrivèrent à la dixième heure du jour, dans un lieu où l'ombrage leur promettait un agréable repos, lord Churchill fit signe d'arrêter. On détela les chevaux, et, sous la garde de deux serviteurs, on les laissa paître dans les environs, et de la dernière voiture on tira un grand panier plein de provisions.

Sous un soleil brûlant, l'ombre est plus qu'agréable au voyageur, mais cela ne lui fait pas oublier que l'estomac aussi réclame sa satisfaction. On s'assit en rond autour des provisions, et chacun put y prendre ce qu'il trouva à sa convenance. Des quartiers de mouton furent coupés en gros morceaux et jetés en pâture aux chiens.

Lord Churchill regardait en souriant ses compagnons, qui s'épongeaient le visage avec leurs mouchoirs.

— Voyez, leur dit-il, ni le Malgache ni moi n'avons besoin de mouchoir; voulez-vous que je vous dise pourquoi nous ne transpirons pas autant que vous? La cause en est bien simple : le Malgache et moi portons une espèce de cuirasse en liége; or, le liége étant un mauvais conducteur de la chaleur, n'en laisse presque pas parvenir jusqu'à notre corps, tandis que vos habits absorbent le calorique presque avec avidité, et votre corps s'en ressent. Ce n'est pas le seul avantage que nos corsets en liége nous procurent : ils nous mettent presque à l'abri de la piqûre et de la morsure des insectes, et s'il nous faut traverser un cours d'eau, nous n'avons pas à craindre d'être submergés ; mais comme nous aurons les mêmes chances de périls et de fatigues, j'ai pourvu à votre nouvel accoutrement, et vous trouverez dans cette voiture des corsets en liége qui vous rendront le même service qu'à nous.

Le soleil avait baissé sur l'horizon, quand lord Churchill donna le signal du départ ; mais auparavant voici ce qu'il dit à ses compagnons de chasse :

— Les Indous viennent souvent de fort loin pour se noyer dans les eaux du Gange, persuadés qu'ils passeront ainsi à une vie meilleure ; chaque jour, en se rendant a la mer, le fleuve emporte le corps de ces fanatiques ; à quelque distance de son embouchure, il rencontre une île composée d'atterrissements ; les siècles l'ont formée, et la nature l'a couverte de hauts arbres, de fourrés nombreux, qu'entoure une végétation puissante. Là se sont retirés, ou se rendent des tigres qui se nourrissent des cadavres que le cours du fleuve jette sur les bords de cette île.

Nourris de chairs humaines, ces carnassiers traversent quelquefois les fleuves, et reviennent sur le continent. Alors ils y commettent des destructions telles, que les journaux de Calcutta ont chaque jour à enregistrer l'enlèvement de nombreux habitants.

C'est que le tigre, après avoir goûté à la chair humaine, la trouve supérieure à celle de tout autre animal. Dans l'intérieur des terres, les tigres dévorent tous les animaux qu'ils peuvent saisir, mais évitent les lieux où se trouvent de nombreuses populations ; ceux qui sortent de cette île négligent de se jeter sur une proie quelconque, s'ils ont en vue un être humain.

Nous commencerons donc notre campagne dans cette île, et Dieu aidant, nous la purgerons de ces funestes habitants. La tâche sera rude, je vous en préviens, cette île est entourée de marécages ; l'air y est insalubre, et un homme sain ne pourrait pas y rester longtemps sans en ressentir les funestes effets ; je sais qu'il y a dans une partie de cette île des constructions d'habitations abandonnées ; elles nous serviront de refuge, et si mes espérances ne sont pas trompées, nous en aurons bientôt massacré les carnassiers. Vous changerez donc de vêtements, ceux dont je vous vois couverts ne vous garantiraient pas des émanations délétères qui sortent de ce sol d'alluvions, rehaussé par les détritus des herbes, des arbrisseaux et des feuilles des arbres.

Ils continuèrent leur marche, ayant toujours en vue le grand fleuve. Tout-à-coup, une longue bande de verdure apparut à leurs yeux. Des masses d'arbres se levaient derrière et offraient dans une grande étendue une forêt qui semblait devoir être inextricable.

— Nous y voilà, dit lord Churchill ; et s'adressant à son noir, il lui parla quelque temps à l'écart. Celui-ci s'éloigna, descendant rapidement vers les bords du fleuve, et revint quelque temps après annoncer que le passage était praticable, puisque les barques commandées étaient attachées à la rive droite.

Alors, lord Churchill ordonna de conduire les chariots dans un massif d'arbres, et prenant avec lui six de ses compagnons, il descendit vers la rive, monta dans une barque et se rendit à l'île.

La nuit tombe vite dans les contrées peu distantes de la ligne ; mais les nuits sont plus translucides que dans nos climats, quand la lune est dans son plein et que le ciel est pur.

— Malgache, dit Churchill, cherche si tu ne trouveras pas sur les bords les empreintes des griffes des tigres ; et vous, jeune homme, c'était à English qu'il s'adressait, montez sur cet arbre et voyez si vous n'apercevez pas quelques vestiges de bâtiment.

A peine avait-il cessé de parler qu'un rauquement sec, strident, retentit du milieu de l'île.

Quand le lion rugit, sa voix puissante roule comme un bruit de tonnerre lointain ; le rauquement du tigre est plus saccadé, plus fort, et remue jusqu'au fond des entrailles.

— Descendez, English, cria Churchill, réunissons-nous, et préparons-nous à une attaque.

Ils s'avancèrent, le kriss à la main, pour s'ouvrir un passage à travers le fourré, et par un bonheur inattendu ils arrivèrent auprès des bâtiments déserts. Les murs seuls existaient ; les décombres de la toiture remplissaient l'intérieur. Ils ne pouvaient trouver qu'un seul avantage : c'est que, s'ils étaient attaqués par les tigres, ceux-ci ne pouvaient arriver que par la porte d'entrée. Ils battirent le briquet, et obtinrent bientôt un feu assez brillant pour les éclairer et pour les réchauffer, car un brouillard humide était tombé sur eux.

Les féroces habitants de cette île, que l'émanation des corps humains avaient avertis du voisinage de proies, vinrent rôder autour des débris de l'habitation ; mais le feu était si vif, la flamme si brillante, qu'ils n'osèrent s'aventurer jusque dans l'intérieur. A la lueur de leur brasier, qui se projetait sur un point assez éloigné, les chasseurs virent passer des tigres énormes, mais qui rentraient trop vite dans l'obscurité pour qu'ils eussent le temps de les ajuster et de faire feu. Le brasier allait s'éteindre faute d'aliments, lorsque, à quelque distance, s'éleva un rauquement si terrible que les compagnons de lord Churchill sentirent leurs cheveux se dresser sur leurs têtes. Voici dans quels termes l'intrépide voyageur raconte les épisodes de cette chasse et de celles qui suivent :

— Tenez-vous prêts, dis-je à mes compagnons, ne tirez que si vous apercevez l'animal à portée de votre balle, et si vous sentez que votre main ne tremble pas.

A peine avais-je fini, que dans la faible projection de lumière que lançait encore le brasier, j'aperçus deux yeux ardents comme deux charbons enflammés.

Epauler, ajuster et faire feu fut l'affaire d'un centième de minute : un rugissement véritable répondit à l'explosion de ma carabine et fut répété en s'éloignant.

— Garde à vous, criai-je ; s'il n'est pas atteint mortellement il va tomber sur nous comme la foudre, et fera certainement une victime.

Ces appréhensions ne furent pas justifiées. Les rauquements de plus faibles en plus faibles s'éloignaient ; on devait croire que la bête féroce avait été mortellement atteinte. Le silence était revenu, silence que n'interrompait que le bruit des eaux que roulait le fleuve, mais qui ne rendit pas la sécurité à nos chasseurs, dont six n'avaient jamais assisté à une scène aussi terrible.

— Enveloppons-nous de nos manteaux, leur dis-je ; Malgache, tu vas veiller, mais auparavant jette sur le brasier ces tronçons de bois qui sont à l'extérieur.

Peu d'instants après, les chiens commencèrent à s'agiter, et mon brave terrien Phlox, qui était couché près de moi, se leva tout-à-coup les poils hérissés, et poussa des hurlements lugubres.

— Aux armes ! criai-je, un tigre est dans le voisinage.

A peine ces paroles étaient prononcées qu'une partie du haut du mur croula, et qu'un tigre tomba au milieu de nous. Avec une présence d'esprit et un sang-froid surhumains, l'Américain lui jeta son manteau sur la tête, se précipita sur lui, et, chose singulière, le monstre ne remua pas. Phlox se jeta à sa cuisse; la douleur de sa morsure fit sortir le tigre de son étonnement. D'une ruade il lança le brave chien jusqu'au bout de l'appartement; mais, au même instant, six baïonnettes entraient dans son corps, suivies de six détonations ; à travers le manteau que l'Américain cherchait à entortiller autour du tigre, il reçut une morsure qui lui enleva le gras du bras. Mais, insensible à cette douleur, l'Américain, qui ne pouvait se servir de sa carabine, enfonça à coups redoublés son poignard au défaut de l'épaule du monstre. Il s'affaissa, puis se relevant d'un bond terrible, il s'élança sur nous en nous inondant de son sang. Seul, avec le Malgache, je ne fus pas renversé ; mon brave noir, que rien n'émouvait, saisit la queue du monstre, qu'il faisait voltiger comme un fouet, et la coupa presque entière à sa racine. Je déchargeai mes deux pistolets dans la tête de l'horrible bête, qui tomba une seconde fois en poussant un râlement strident et la face baignée de sang.

Chez les animaux carnassiers, la vie se manifeste longtemps encore après la mort : les mouvements convulsifs furent si violents et si désordonnés, que pour lui échapper nous sortîmes au dehors. Notre brasier était éparpillé, nous sentions l'odeur des poils brûlés, mais nous n'osions encore rentrer dans l'intérieur. Enfin, mon Malgache prit un tison enflammé et entra. Se tournant de notre côté, il nous dit d'un ton de voix joyeux :

— C'est fini, venez.

Nous entrâmes, nos armes étaient éparses, ou sous l'immense corps du monstre, et à la lueur de quelques branches que nous rallumâmes, nous pûmes contempler presque avec effroi cet horrible corps encore palpitant ; il était couvert de blessures, le sang sortait rouge et fumant de toutes les parties de son corps. La balle d'un de mes pistolets était entrée dans l'œil, et l'autre s'était aplatie sur le crâne.

Ce qui prouve que mon brave Phlox l'avait attaqué avec vigueur, c'est que le tigre portait à la cuisse gauche une large entaille. C'était un tigre royal, dont le pelage n'est pas marqué de taches régulières ; ses pattes, d'une grosseur étonnante, prouvaient sa force musculaire.

Nous ramassâmes nos armes, dont plusieurs des baïonnettes étaient tordues, et les pieds dans le sang nous tirâmes par les pattes de derrière ce cadavre jusqu'au-dehors. Le Malgache et moi n'aurions pu en venir à bout, si deux de nos camarades n'étaient venus seconder nos efforts.

Dès que nous fûmes rentrés, nous songeâmes à la blessure de l'Américain ; il était assis, et la bandait avec son mouchoir.

— C'est peu de chose, nous dit-il avec un admirable sang-froid ; aucun nerf n'a été coupé.

mes doigts jouent sans douleur ; c'est une petite affaire pour votre docteur.

Après une lutte aussi terrible, un danger aussi réel et aussi menaçant, nos esprits étaient fort agités, et nul ne songeait au sommeil. Une flamme brillante éclairait l'intérieur de l'appartement ; j'aperçus mon pauvre Phlox dans la partie la plus reculée, assis sur son train de derrière, il paraissait souffrir et être blessé. Je m'approche, je lui tâte le corps, et ne trouve rien de brisé. Le coup de patte du tigre avait frappé par-dessous le ventre et ne pouvait avoir lésé que les intestins.

Au milieu de cette scène émouvante, mon Malgache faillit nous donner envie de rire : étendu sur les débris de la muraille renversée par le tigre, il tenait sa gourde à la main, et se renversant en arrière, il la vidait avec sensualité ; puis se relevant subitement, il s'écria :

— C'est fini !

L'Américain lui demanda :

— Est-ce la gourde ou la lutte ?

— L'une et l'autre, lui répondit-il ; retournons au campement pour remplir ma gourde.

Le soleil jetait déjà sur l'île ses rayons embrasés ; mais l'épaisseur des vapeurs qu'ils avaient à traverser les rendait si faibles, que ce n'était ni le jour ni la nuit. Nous nous disposâmes à quitter ces ruines ; mais qu'allions-nous faire du tigre qui se trouvait à l'entrée ? la peau trouée, les poils grillés en partie, rendaient cette dépouille inutile.

— C'est égal, dit l'Américain au Malgache, il faut que nous enlevions cette peau : allons, à l'œuvre, tourne la bête sur le dos, et je vais prouver que celui qui a enlevé les fourrures des ours et des bisons n'a pas oublié son premier métier, quoiqu'il n'ait plus qu'un bras libre pour le moment.

Avant qu'ils fissent cette opération, je mesurai la longueur du tigre : depuis l'origine de la queue, dont le Malgache s'était fait un trophée, jusqu'au muscau, cette énorme bête mesurait deux mètres trente-cinq centimètres ; la hauteur n'était pas en proportion avec la longueur ; elle n'était que de un mètre soixante-cinq centimètres. Tandis que le Malgache détachait la peau à mesure que le poignard de l'Américain la fendait, nous nous portâmes un peu au-dehors, nous tenant toujours prêts à l'attaque. Le brouillard était épais et infect, comme ceux qui s'élèvent au-dessus des lieux marécageux ; silence solennel et attristant. La peau du tigre enlevée, le Malgache voulut la charger sur ses épaules : malgré sa force prodigieuse, il sentit que ce poids l'écrasait. Je fis construire un brancard en bambous qui s'élevaient autour de nous à une hauteur considérable, et bientôt le brancard fut terminé, et la peau posée dessus. Je voulus mettre à côté mon pauvre Phlox, qui marchait en clopinant : il se jeta violemment à terre, et fit des efforts pour nous suivre.

— Pauvre ami, lui dis-je, on va te faire aussi pour toi un autre brancard, et je serai un de tes porteurs. Ce qui fut fait. Nous cheminions lentement, quoique la lumière pénétrât déjà à travers les brouillards pour nous faire distinguer notre route.

Tout-à-coup l'Américain, qui marchait en avant avec le bras en écharpe, nous cria :

— Approchez, voici un autre tigre étendu là et bien mort.

Effectivement, celui que j'avais tiré pendant la nuit était étendu au milieu des broussailles largement fouillées, et ne donnait aucun signe de vie.

— Belle et bonne peau, dit l'Américain, mais plus petite ; c'est une tigresse.

Nous nous approchâmes ; je découvris, presque juste entre les deux yeux, le trou qu'avait fait ma balle en donnant une mort presque subite. Les mamelles de cette tigresse étaient pleines de lait ; il y avait donc des jeunes dans les environs. Le temps ne nous permettait pas de les rechercher ; notre blessé et nos contusionnés avaient besoin de soins et de repos autour des chariots ; la peau fut rapidement enlevée, et le cadavre laissé, ainsi que celui du tigre, à la voracité des oiseaux de proie, car j'ai remarqué que les tigres ne se dévorent point, et que les petits carnassiers semblent avoir horreur de cette chair.

La clarté devint si vive que le brouillard disparut, et que nous pûmes voir autour de nous. Partout des tas d'ossements humains ; cette partie de l'île nous parut un immense ossuaire. Après avoir enlevé les cadavres des fanatiques Indous noyés dans les eaux sacrées du Gange, les tigres les apportaient pour les dévorer dans les massifs. Avant de retrouver notre barque, il fallut côtoyer quelque temps le rivage, et tout le long, sur ces terres d'alluvions et marécageuses, nous distinguions de larges empreintes de pattes de tigres, et çà et là quelques monceaux d'ossements.

Enfin, nous arrivions de l'autre côté de l'Hougly ; mais là, nous attendait une mésaventure imprévue.

CHAPITRE V.

Retour au campement. — Piteux état. — Repos. — La nuit arrive avec les tigres. — Ils sont repoussés. — Leurs rauquements épouvantent la nuit.— Piétinement des chevaux. — Cris lamentables des chiens. — Le calme revient.

Nous étions bien vainqueurs, mais presque tout éclopés, la mine délabrée, et nous soutenant à peine. La vue de notre brancard excita l'étonnement du docteur et des serviteurs que nous avions laissés à la garde de nos chariots. Ils s'empressent autour de nous, nous prodiguent leurs soins, et le docteur s'empare de l'Américain. — Ce n'est rien, lui dit-il, un peu de chair détachée, mais il faut enlever ces lambeaux de drap que vous avez eu la maladresse de renfermer dans la plaie, en rapprochant les chairs. Votre sort est plus heureux que mon pauvre cheval que les tigres ont enlevé cette nuit. Le coup a été fait si promptement que nous n'avons entendu que des piétinements et un hennissement plaintif. Que voulez-vous, c'est une affreuse guerre que nous faisons, et j'y étais préparé.

Nous nous étendîmes sous des tentes qu'abritaient encore de grands arbres contre les rayons du soleil, et un peu restaurés, nous nous livrâmes à un repos dont nous avions le plus pressant besoin. Un des officiers anglais, English, avait été si fortement contusionné, qu'il fallut le porter dans un des hamacs des chariots. Il pouvait être deux heures de l'après-midi, lorsque nous entendîmes un grand trot de chevaux; c'était un petit corps de cavalerie anglaise qui retournait à Calcutta.

A notre vue, ils s'arrêtèrent, et envoyèrent nous reconnaître. Brown connaissait l'officier commandant; il le pria de se rendre auprès de lui, et la troupe, qui avait besoin d'un instant de repos, vint se mettre à l'abri de nos ombrages. Quand ils eurent connu nos aventures de la nuit, ils me proposèrent d'emporter les deux peaux de tigres et de les offrir au gouverneur de Calcutta.

— Bien volontiers, leur répondis-je, mais en échange, outre la prime accordée à ceux qui détruisent un tigre, prime que je veux distribuer à mes braves chasseurs, je demande qu'il nous envoie un bon cheval et une certaine quantité de fusées. Alors le docteur se mêla à notre conversation, et avec son ton jovial, il leur dit: Rapportez au gouverneur de Calcutta que le docteur naturaliste de la troupe a perdu son cheval dans la nuit, et qu'il en demande un qui soit vigoureux et souple.

Les cavaliers se séparèrent après avoir pris quelques rafraîchissements, et mon Malgache, sur la fidélité duquel je pouvais compter, accompagna les cavaliers pour ramener ce que la libéralité du gouverneur voudrait nous envoyer. Force nous fut d'attendre dans notre campement son retour et le rétablissement de nos écloppés.

Mon intention était de retourner dans l'île, mais en prenant des précautions que la nuit écoulée m'avait fait sentir la nécessité de prendre.

Quelques-uns de nos chasseurs valides se répandirent dans les environs pour nous procurer quelqnes pièces de gibier. Les fréquentes détonations que nous entendîmes bientôt nous firent espérer une bonne chasse.

Je profite ici de l'occasion de faire connaître la cuisine, qui fut à peu près la même dans tout le cours de notre expédition. Sur un grand feu, une large chaudière en fer battu se suspendait à une barre de fer supportée par deux triangles de même métal. La chaudière remplie d'cau recevait plusieurs mesures de riz et des morceaux de venaison hachés presque menu ; le tout assaisonné de sel, de poivre et de piment, après avoir acquis un certain degré de cuisson, était déposé au milieu de nous, et chacun, avec une large écuelle également en fer battu, puisait dans la chaudière. Nous étions trop civilisés pour manger comme les Chinois, avec de petits bâtons; chacun avait sa cuiller et sa fourchette, mais ces deux ustensiles faisaient corps avec le couteau; un peu de biscuit et un verre de vin ou d'arack terminait notre repas.

Le retour de nos chasseurs nous apporta plus de venaison que nous ne pouvions en consommer. Nos pauvres chiens s'en trouvèrent bien; le régime du riz ne leur convenait pas; cependant, j'étais mécontent d'eux, la terreur les avait cloués dans les parties les plus éloignées de l'appartement, lors de l'attaque du tigre. Le docteur prit la parole en leur faveur.

— Milord, me dit-il, chaque être a la conscience de sa force; quand il peut lutter à égalité il lutte et combat courageusement, car la nature du chien est courageuse. Mais, quand ils sentent, par un instinct naturel, que leur force est d'une infériorité accablante, ils éprouvent ce qu'un homme en face de dix hommes éprouve. Votre terre-neuvien est un animal rare; son dévouement à votre personne lui a fait tout oublier; conservez-le bien, milord, c'est plus qu'un ami ; il ne connaît pas la crainte personnelle, il ne la connaît que pour vous.

Ces raisons me parurent vraies, et notre pauvre meute fut rétablie dans mon estime.

Achevons la description de notre repas : un antilope tout entier fut mis à la broche ; ses intestins, jetés à notre meute, la remplirent de joie témoignée par des aboiements. J'enlevai un fort morceau pour mon brave Phlox, mais je voulus qu'il le mangeât cru ; cette nourriture donne de la force et du courage ; le soir, après cette réfection, il put se relever, et venir à mes côtés. Mon Dieu ! que ses regards étaient intelligents et reconnaissants !

Le soir venait ; il vient vite, comme nous l'avons déjà dit, dans ces climats. Il fallut songer à mettre nos cheveux à l'abri d'une nouvelle attaque de tigres. Les voitures, assez rapprochées l'une de l'autre pour les enserrer tous, furent établies sur notre campement. Du côté de chaque voiture, on pouvait étendre une toile qui les mît à l'abri du serein de la nuit, et nos hommes, placés au-devant et à l'arrière des voitures, firent chacun deux heures de guet. J'avais mis sur la principale voiture une espèce de tourelle qui pouvait recevoir un homme ; elle était recouverte d'une plaque en ferblanc, et était surmontée d'un phare dont la lumière pouvait se projeter au loin. Un homme était assis dans cette tourelle, et devait observer les alentours. Le large disque de ferblanc qui le recouvrait, le dérobait aux regards de l'extérieur, et lui laissait la possibilité de tout voir.

Nous étions couchés dans nos hamacs, nos armes à la portée de nos mains, et nous dormions du sommeil de gens fatigués ; soudain, il pouvait être le milieu de la nuit, la sentinelle fit entendre un coup de clairon : nous fûmes tous debout.

Les tigres, alléchés par la proie de la veille, étaient venus rôder autour de notre campement ; mais la lueur de notre phare les tenait à distance, et ils rampaient dans les herbes et dans la broussaille.

Je montai à la place de la sentinelle, et muni d'une lorgnette de nuit, je portai mes regards aux environs. Les broussailles étaient agitées, et de temps à autre je vis de longs corps sauter par-dessus, puis enfin des yeux semblables à des lampes brillèrent et tournèrent vers notre campement. Je pris ma carabine, et j'attendis un instant favorable qui me permît de tirer dans un instant de repos sur ces yeux fixés sur nous. L'habitude de la chasse chez les boërs, où les lions étaient notre objet de chasse, m'avait donné le coup d'œil sûr et la main solide.

Le coup partit ; un rauquement épouvantable retentit ; de plusieurs points d'autres rauquements y répondirent ; plusieurs tigres nous environnaient. Je recommandai à nos chasseurs de rester calmes, l'arme en joue. Bientôt, au piétinement de nos chevaux, aux profondes aspirations qu'ils tiraient de leurs poitrines, je compris que nous allions être attaqués. Nos chiens hurlaient, et Phlox, qui était à mes pieds, s'était dressé, le poil hérissé et l'oreille tendue. Je recommandai à deux de nos serviteurs de descendre entre les deux voitures, de tâcher de calmer les chevaux, car s'ils avaient rompu leurs liens, et s'étaient enfuis, ils allaient probablement devenir la proie des tigres.

Il y eut quelques instants de calme : on eût dit que pas une seule attaque n'était à attendre, quand tout-à-coup un rauquement formidable, rauquement qui descendit jusqu'à nos entrailles, retentit sur notre droite ; il fut répété en arrière et en avant. On eût dit que les tigres se donnaient des ordres pour l'attaque.

J'entendais le remuement de nos chasseurs dans l'intérieur du chariot.

— Silence, leur dis-je ; que trois de vous veillent à l'avant, et trois à l'arrière : ne tirez qu'à coup sûr ; vous savez quels ennemis nous avons à combattre.

Il ne se passa pas beaucoup de temps avant que mes ordres ne fussent exécutés; trois détonations partirent de l'avant, et trois de l'arrière du chariot.

Alors retentirent des rugissements, des rauquements tellement formidables, qu'aucune langue humaine ne saurait trouver d'expression pour les rendre. Nos chasseurs avaient eu le temps de recharger leurs armes; nos chevaux piétinaient, soufflaient, et secouaient leurs liens; les chiens hurlaient lamentablement; c'était un concert infernal.

Mais une seconde décharge ne fut pas nécessaire; les tigres se retirèrent, et nous n'entendîmes plus que leurs rauquements lointains.

Les grands carnassiers, qui comptent sur leurs forces et leur agilité, réfléchissent comme les hommes; s'ils sentent que le combat est inégal pour eux, ils battent en retraite en rugissant de fureur. Ces rugissements annoncent qu'ils se sentent vaincus.

Je ne voulus pas envoyer de nos chasseurs en-dehors du campement; ils auraient pu devenir la proie de quelques tigres embusqués dans les broussailles; je me contentai de leur recommander une surveillance active, et je restai à mon observatoire, armé de ma lorgnette.

La lune était magnifique de clarté; les moindres mouvements à une certaine distance ne pouvaient m'échapper. Je n'en vis aucun, et si quelques cris interrompirent le silence de la nuit, ils étaient si lointains que je crus que nous étions à l'abri de toute attaque. Je me fis remplacer à mon observatoire, et je descendis entre les deux chariots pour observer nos chevaux.

Dans le danger, la présence de l'homme rassure ces animaux; en passant la main sur leur col et sur leur poitrail, je les trouvai couverts de sueur; ils étaient tranquilles; j'en conclus que tout danger était éloigné. L'odorat de l'animal est plus développé que celui de l'homme, et les effluves répandus dans l'air les avertissent du danger qu'ils ont à courir.

CHAPITRE VI.

Conseils aux chasseurs. — Observations sur l'instinct du chien et du cheval. — Un sanglier tué. — Observations du docteur. — Conclusion. — Une tranche de sanglier grillée. — Tombée de la nuit. — Indices de la présence des tigres. — Leur approche du camp. — Luttes de nuit. — Excursion. — Une panthère tuée. — Une hyène paraît sur le terrain. — Sa mort.

Je ne voudrais pas négliger ici de donner des conseils aux chasseurs des carnassiers ; le chien est à coup sûr un des plus vigilants animaux que l'homme s'est associé ; il faut distinguer dans les sons qu'il émet deux manières qui annoncent un danger plus ou moins éminent. S'ils aboient isolément c'est contre un carnassier de force inférieure ; mais si tous ensemble des aboiements ils passent aux hurlements presque plaintifs, c'est un indice certain qu'un carnassier redoutable rôde aux environs, et qu'ils s'attendent à son attaque.

Quand les chasseurs ont des chevaux, ces animaux peuvent les prévenir de la présence des carnassiers, non en hennissant, mais en tirant de leurs poitrines un souffle haletant et chaud;

eurs crinières frissonnent, ils piétinent la terre, et leurs corps se couvrent de sueur. Ce noble animal brave tout danger, dès qu'il est monté par un homme ou à côté d'un homme. Le cavalier doit faire attention à ses mouvements, s'il ne veut pas être désarçonné. Le cheval fixe le carnassier, prévoit ou devine ses élans et les évite par un saut à droite ou à gauche, saut tellement brusque que le cavalier peut perdre les étriers, et tomber ainsi sous les griffes de l'animal.

Je reviens à mon récit : la petite île où nous avions fait une opération si dangereuse se trouvait placé dans ces territoires marécageux et souvent inondés que l'on nomme les sunderbunds. A notre gauche, coulaient les eaux souvent tumultueuses de l'Hougly ; à la droite de l'île descendaient majestueusement les eaux du Gange, pour aller se déverser dans la mer par une douzaine d'embouchures.

Notre camp était placé sur la rive droite de l'Hougly, qu'il fallait traverser en bateau pour entrer dans l'île.

Mon projet avait été d'abord de partir dès le matin, et de suivre dans toute sa longueur la rive sablonneuse de l'île. Les empreintes larges et profondes laissées par les pattes des tigres devaient m'indiquer les points où ils se rassemblaient, et me faire trouver un lieu propre à tendre une embuscade. Mais les événements de la nuit me détournèrent de l'exécution de ce projet. Nos chevaux et nos serviteurs ne devaient pas être abandonnés à une attaque aussi sérieuse que celle que nous avions repoussée. Une autre raison m'y détermina encore : des bandes d'antilopes, de cerfs et d'autres quadrupèdes traversaient à chaque instant les clairières des bois où notre vue pouvait s'étendre.

Ces faibles animaux étaient donc poursuivis par des carnassiers. J'envoyai trois de nos chasseurs afin qu'ils en abattissent quelques-uns pour notre consommation. L'un d'eux portait un long clairon, dont les sons s'entendaient au loin, et si nos chasseurs se trouvaient en présence d'ennemis redoutables, il avait la consigne de faire trois appels. Mes compagnons et moi nous tenions prêts à courir à leur secours.

Depuis environ une heure que nos chasseurs étaient partis, nous n'avions entendu que deux coups de fusil, lorsque tout-à-coup un sanglier de belle taille apparut à cent pas de nous. La ue de nos chariots parut l'étonner. Il s'arrêta, dressa les oreilles et hérissa ses soies. Il était dans une position trop défavorable pour que je pusse le tirer ; je descendis donc du chariot avec mon Malgache, forçant mon pauvre Phlox à rester, car sa marche me prouvait qu'il n'était pas complètement rétabli.

Le sanglier nous vit approcher sans paraître s'émouvoir seulement; il fit deux ou trois sauts qui annonçaient qu'il voulait fondre sur nous. La partie était belle, je voyais sa tête se hausser et se baisser alternativement. Mon coup partit, la balle le frappa au front; au même instant celui du Malgache partait et pénétrait dans l'épaule de l'animal; ce coup était réellement de trop, car le sanglier était mort.

— Belle pièce, me dit le Malgache tout joyeux en passant la langue sur ses grosses lèvres; traînons-la auprès des chariots, et tandis que le sanglier est encore chaud, nous allons donner une grasse curée aux chiens.

Il était bon de dire : traînons-la, mais la bête était beaucoup plus grosse que nous ne l'avions cru : en vérité, si le Malgache n'eût pas eu la force de deux hommes, il nous eût été impossible de la traîner à travers les broussailles. Enfin, elle arriva entre les deux chariots.

—Oh! oh! nous dit l'Américain, que l'on désignait par le surnom de Brûlé, voilà de la besogne pour mon bras droit.

En même temps il dégaîna un long couteau pendu à sa ceinture, et ouvrit le ventre du sanglier dans toute sa longueur. Les entrailles fumantes furent jetées aux chiens, et de longues et épaisses bandes de chair et de graisse étendues sur des charbons ardents.

Le docteur nous regardait en silence.

— Il n'y a pas une heure, dit-il, cette chair et cette graisse, formant partie d'un corps sain et vigoureux, errait au hasard, vivante dans ces forêts, mais la déesse Kali (1) a passé par là.

— Vous croyez donc à la métempsycose ? dis-je au docteur.

— Nous sommes dans l'Inde, me répondit-il, au berceau de toutes les croyances, et bientôt la chair de l'animal va passer dans notre estomac, qui la préparera à l'assimilation. Elle deviendra le soutien de votre vie, fera partie de votre existence, et si c'est ce phénomène que vous nommez métempsycose, j'y crois.

— Mais, docteur, vous ne faites pas attention que les deux mots grecs qui composent celui de métempsycose ne signifient pas l'assimilation par l'homme ou par l'animal du sang, de la graisse et des chairs d'un autre animal. Il signifie transmission d'une âme dans un autre corps.

— Ma foi, me dit-il en riant, la bonne odeur de ces grillades me donne plutôt l'envie de m'en

(1) Déesse de la destruction.

régaler que de discuter avec vous des systèmes.

Il me prouva que sa conclusion s'accordait parfaitement avec son appétit, car il s'empara d'une forte tranche qu'il expédia rapidement.

Ainsi se passait notre journée, mais j'avoue que j'attendais la nuit avec une certaine inquiétude. Les tigres avaient dévoré un de nos chevaux; leur odorat leur disait que nous en avions d'autres; l'instinct de ces carnassiers est de revenir là où ils ont trouvé une proie.

Je pris mes mesures; les chevaux furent parqués entre les deux chariots; en outre, je fis tendre aux deux extrémités vides une toile très forte. Je savais que les carnassiers, le lion et le tigre, trouvant devant eux une résistance, quelque faible qu'elle soit, n'osent la franchir, craignant un piége. Les chevaux furent attachés avec beaucoup plus de soin des deux côtés de la voiture, et les chiens qui couchaient dessous furent protégés par des pieux. A la chute du jour, je fis allumer notre petit phare, et me plaçai à l'observatoire pour faire la première veille de la nuit; c'est toujours l'heure où, sortis de leurs repaires, les grands carnassiers vont à la recherche d'une proie.

Toutes mes précautions étaient bien prises; cependant nous faillîmes être emportés par ce que j'appelle une véritable charge des tigres, quelques heures après la tombée de la nuit.

J'allais quitter ma faction d'observateur, et m'étendre dans mon hamac pour y trouver quelque repos, lorsque en portant ma lorgnette de nuit vers l'Hougly, je remarquai un grand frémissement dans les broussailles. J'y portai plus sérieusement mon attention ; de temps à autre, de grands corps longs bondissaient au-dessus du massif. Les hauts bambous étaient agités jusque dans leurs tiges : évidemment, plusieurs tigres s'étaient concertés pour nous assaillir. Ce qui me parut plus singulier, c'est que je n'entendis aucun rauquement, sauf quelques rugissements, mais dans un grand lointain. Les sunderbunds sont le véritable domaine des tigres et autres plus petits carnassiers des environs de Calcuta ; mais les tigres seuls nous inspiraient de l'inquiétude ; les cris des chacals, les grondements sourds de l'hyène retentissaient à notre gauche, de l'autre côté de l'Hougly ; la chaleur était accablante, et des vapeurs méphitiques s'élevaient à notre droite, et à notre gauche des bords du Gange et de l'Hougly. Malgré l'éclat resplendissant de la lune, nous ne découvrions aucun des arbres de l'île ; un dôme de vapeurs les enveloppait.

— Maitre, me dit le Malgache en s'approchant de moi, les chevaux frissonnent, et si je n'avais pas muselé les chiens ils hurleraient à qui mieux mieux.

— Réveille nos compagnons, lui dis-je, et dis-leur d'examiner si leurs armes sont en bon état, car nous allons avoir un véritable assaut.

Toujours assis dans mon observatoire et promenant ma lorgnette dans la vallée, je découvris deux ou trois yeux étincelants. Le tigre a le regard plus phosphorescent pendant la nuit. Lorsque j'eus la certitude que tous mes hommes étaient à leur poste, je voulus voir par moi-même l'état de nos chevaux. Le Malgache, par un peu trop de prudence, leur avait mis des entraves aux pieds. Nos chiens étaient muselés, et pas un bruit ne sortait de nos chariots.

Tout-à-coup un rauquement formidable retentit à vingt pas de nous; d'autres y répondirent, mais d'un peu plus loin. La lutte allait donc s'engager. Il faut que la lumière de notre petit phare inspirât des inquiétudes aux tigres, car j'en vis deux ou trois rôder dans la circonférence de cette lumière. Ils ne s'aventuraient pas plus loin, mais leurs mouvements, leurs bonds gigantesques au-dessus des broussailles, me prouvèrent que, si d'un côté ils cédaient à certaine crainte, de l'autre ils étaient alléchés par les émanations qui sortaient de notre campement.

Impatient d'en finir, j'apposai ma carabine

sur la tige de fer de l'observatoire, et lorsqu'un tigre me parut à la portée de la balle, je visai, on peut le dire, au jugé. Les mouvements de ce carnassier étaient si rapides, que je n'eus pas le temps de viser à la tête. J'avais pourtant atteint le but, car un rugissement épouvantable répondit à la détonation de ma carabine. La glace était rompue entre nos adversaires et nous.

Le Malgache me passa son arme ; je fis feu une seconde fois, et je me crus si sûr de mon coup, que je pris les remuements étranges qui se faisaient dans le massif pour l'agonie d'un tigre.

Au-dessous de moi, plusieurs détonations se succédèrent avec rapidité. L'air était si calme, que la fumée ne s'évaporait pas.

Plusieurs minutes s'écoulèrent avant que nous pussions voir au-dehors ; mais plus rien ne nous annonça la présence des tigres. J'écoutai de toute la puissance de mon ouïe, et je n'entendis que les bruits sourds de l'Hougly, et des craquements secs dans les broussailles. C'était encore une nuit d'émotions à passer, et longue. J'interrogeai mes compagnons des deux voitures ; ils me répondirent que dans leur rayon de lumière ils avaient vu des tigres ramper comme des serpents et s'approcher de notre campement.

Les nuits de ces contrées ne sont pas réellement des nuits, ce sont des demi-clartés, répandant sur tous les massifs environnants une lueur qui porte au sommeil. L'aspect étincelant du ciel, de temps en temps une brise qui frissonne dans les forêts, inspire à l'âme des sensations que nous n'éprouvons pas en Europe. Tout-à-coup ce silence afiaissant est interrompu par les glapissements des chacals, par les sourds grondements des hyènes, et tout rentre dans le repos. Préoccupé de ces pensées, affaissé par ces émotions, mon esprit tombait sous le poids du sommeil.

— Maître, me dit le Malgache, je crois bien avoir vu un tigre se glissant vers le second chariot; faut-il démuseler les chiens?

— Fais, lui dis-je, et vois dans quel état sont nos chevaux.

A peine les chiens étaient-ils démuselés, qu'un vacarme épouvantable s'éleva sous les voitures. Les chevaux, débarrassés de leurs entraves, commencerent à souffler et à piétiner d'une manière étrange.

— Quatre hommes avec toi, dis-je au Malgache, et plaçons-nous à l'arrière de la seconde voiture, du côté où tu as vu le tigre ramper vers nous. Il faut en finir d'une seule décharge, dis-je, visons tous au même but, et si nos balles n'atteignent pas cet animal féroce, nous perdons notre réputation de chasseurs.

Les deux officiers anglais se trouvaient au nombre des quatre hommes placés à l'arrière du chariot. Je fis monter mes deux carabines dans le petit observatoire, et je m'y plaçai. En parcourant un demi-cercle de la partie éclairée, je ne vis rien, absolument. C'était donc à l'arrière du second chariot, là où son ombre et celle de grands arbres arrêtaient la lumière, que l'attaque des carnassiers avait lieu.

C'était un plan réfléchi, il n'y avait pas à en douter, et si nous avions eu à attaquer les chariots, c'est de ce côté que nous aurions tenté l'attaque.

Tandis que je faisais ces réflexions, j'entendis le hurlement plaintif d'un chien ; profitant de l'ombre, un tigre s'était glissé jusqu'auprès de la roue du chariot et avait emporté un de nos chiens. Quatre détonations se firent entendre, et, me soulevant aussi haut que je le pus, je fis feu sur un tigre que j'aperçus dans un rayon d'ombre, ses yeux seuls brillaient ; le coup partit et je vis un grand corps sauter à droite et à gauche, puis tomber dans un massif de broussailles. Les deux officiers anglais me crièrent qu'ils étaient sûrs d'avoir abattu un tigre un peu vers la gauche, et dans leur enthousiasme, ils voulaient descendre du chariot.

— Non, m'écriai-je, la vie de mes compagnons m'est trop chère pour que je veuille la voir se risquer dans ces demi-ténèbres : s'il y a des morts, nous les trouverons demain ; s'il y a des blessés nous les achèverons, et aucun de nous ne sera exposé à perdre la vie.

Le Malgache descendit dans l'espace qui séparait les deux chariots, et quoique nos chevaux fussent encore frémissants et couverts de sueur, il les trouva plus calmes. Le chien qui nous avait été enlevé était un boule-dogue de la plus haute taille, et remarquable par sa férocité.

Rassurés par le silence qui régnait alors autour de nous, nous allumâmes un flambeau dans chaque chariot, et nos hommes reçurent chacun une mesure d'eau-de-vie, puis s'étendirent sur l'espèce de lit de camp que l'on abattait le long des parois intérieures des chariots. Ce lit de camp était composé de bambous en forme de treillage, et recouvert d'un léger matelas. Je ne voulus pas cesser la surveillance, et je remontai dans mon observatoire ; mais le sommeil fut si puissant, que j'appelai le Malgache pour me remplacer, et me jetai dans mon hamac.

Ce ne fut que lorsque le jour était déjà assez avancé que je m'éveillai ; mes compagnons dormaient encore, et le Malgache lui-même s'était endormi. Je pris le clairon, sonnai une bruyante fanfare, et ce fut avec un véritable plaisir que je vis tous mes compagnons debout au même instant, et la carabine à la main. Le docteur descendit le premier de son chariot et courut à l'arbre aux branches duquel on avait suspendu la moitié du sanglier. Il n'y avait plus rien. Comment les tigres avaient-ils pu venir enlever à deux pas de nos chariots cette chair qui devait servir à notre nourriture pendant la journée.

Vraiment, dans toute autre circonstance, le désappointement du docteur nous eût prêté à rire.

— De si bonne venaison, disait-il en frappant la terre de la crosse de sa carabine, nous être volée par ces brigands à quatre pattes?

— Qu'est cela, dit l'Américain ; j'ai bien perdu autre chose qu'un peu de venaison ; j'ai perdu mon brave et vigoureux boule-dogue ; oh ! oh ! gentlemens à quatre pattes, vous me le paierez, le jour où mon bras pourra supporter la carabine.

Mes autres compagnons se trouvaient tous en dehors des chariots, et prêts à me suivre à la découverte. A peu près à une cinquantaine de pas, chose que des chasseurs seuls pourront comprendre, nous vîmes un tigre étendu à terre, et le boule-dogue attaché à sa gorge ; tous deux étaient morts, et percés de balles.

— Ah ! mon pauvre camarade, s'écria l'Américain, je puis donc dire que tu es mort au champ d'honneur.

Il le souleva, il avait l'épine dorsale brisée ; mais ses crocs étaient enfoncés si profondément dans la gorge du tigre, qu'il eut une peine infinie à les en détacher.

Je vis deux larmes tomber des yeux de cet homme, que je croyais étranger à tout attachement : il s'assit et attira à lui son chien, oubliant le but de notre sortie. Le tigre avait reçu deux balles dans la tête, deux autres l'avaient frappé à l'épaule, une d'elles avait traversé de part en part le corps du boule-dogue. Alors les deux Anglais s'approchèrent du tigre, et le piquant avec leur baïonnette pour s'assurer s'il était bien mort, ils demandèrent qu'on en ouvrît le crâne, voulant en retirer les balles. Ces deux officiers les avaient marquées en les perçant de part en part. Ils ne voulaient pas qu'on pût leur revendiquer cette victoire ; amour-propre bien légitime chez des chasseurs, et surtout chez des gentlemens anglais.

Tandis qu'ils s'occupaient à cette recherche, je me dirigeai avec le Malgache et un serviteur vers la gauche, dans la direction où le tigre que j'avais tiré devait se trouver, si je l'avais touché à la tête, ainsi que je le croyais; mes balles étaient coniques et de fort calibre. Dans une broussaille épaisse, où se trouvait une trouée, le tigre était étendu, les pattes raides en l'air; je confesse que j'eus un moment d'orgueil; personne ne pouvait me disputer cette victoire; j'étais le seul qui de l'observatoire pouvais tirer dans cette direction. Ce fut donc en véritables triomphateurs que nous retournâmes au campement. Ce triomphe était bien légitime; deux tigres de la plus grande espèce, au pelage rayé de taches et non moucheté, ce qui distingue le tigre royal du tigre ordinaire, étaient là sous nos yeux pour témoigner de notre victoire.

— Vous avez fait deux découvertes, nous dit le docteur; j'en ai fait une aussi de mon côté: j'ai trouvé le voleur de notre venaison; je lui ai envoyé une balle, mais allez donc tirer un animal qui grimpe sur les arbres comme un singe, qui n'a pas un instant d'immobilité et qui disparaît comme un é clair.

Je veux vous parler de la panthère, plus longue, moins haute sur les jambes que le tigre, mais en ayant toutes les formes, et une rapidité d'élan telle que l'on peut dire que son attaque est foudroyante.

Il nous indiqua le point où elle avait disparu. Il est certain que si le docteur, qui certes ne manquait pas de courage, avait eu un ou deux compagnons avec lui, il eût poursuivi la panthère ; mais il connaissait trop bien cet animal pour marcher seul à l'attaque, et il eut raison, c'est ce que nous allons voir bientôt.

Après notre repas du matin, les tigres furent dépouillés de leurs peaux, les cadavres jetés dans la vallée, et nous nous préparâmes à donner la chasse à la panthère. Cet animal est réellement plus dangereux que le tigre ; plus prudent, il calcule le danger et le fuit quand il est trop grand ; mais s'il a été blessé, rien n'égale sa fureur ni la rapidité foudroyante de son attaque. Doué d'une force musculaire prodigieuse, comme tous les grands félins, il a un avantage sur le tigre, c'est qu'il peut déplacer à chaque instant le champ de la lutte ; d'un bond il s'élance sur un arbre, se cache dans les rameaux, atteint sa proie, et tombe dessus comme une bombe. Avec le tigre, les chasseurs n'ont à se mettre en garde que sur la terre, quoique cet animal puisse aussi grimper sur les arbres ; mais dans la lutte il reste sur le sol, où la vigueur de ses membres lui donne un point d'appui solide pour ses bonds. Je crois, et beaucoup de chasseurs le croiront avec moi, que la panthère indienne, c'est-à-dire la grande panthère, est plus difficile à abattre que le tigre.

Je prévins donc les quatre hommes que j'avais avec moi pour aller à la chasse, de se tenir loin des arbres sur lesquels elle se tiendrait, de viser toujours à la tête, et d'être prompts à tirer, parce que ses mouvements sont si rapides qu'une minute suffit à peine pour choisir l'instant favorable pour la tirer. Les armes furent examinées, chargées ave soin, et nous prîmes quelques aliments dans le cas où la chasse nous mènerait un peu loin.

— Voudriez-vous partir sans moi ? nous dit le brave docteur, j'ai commencé la chasse, il faut que j'assiste à sa fin ; d'ailleurs j'aurai peut-être quelques égratignures à panser.

Nous parcourions déjà la forêt depuis plus d'une demi-heure, sans que nos chiens eussent donné de la voix, que sur le passage de quelques antilopes et serfs. Nous désespérions déjà de trouver l'objet de notre chasse, quand le cadavre d'un antilope à demi rongé s'offrit à nos yeux à l'entrée d'un buisson.

— Oh ! dit le docteur, notre mangeur de venaison n'est pas loin ; voici les restes de son déjeuner. Voyez sur le tronc de ce palmier les empreintes de ses griffes ; si l'animal n'est pas au sommet, il est près de nous. Ne nous présentons point en corps, il est plus facile de saisir un homme sur quatre que de le saisir quand il est à quelque distance d'un autre qui peut le secourir.

Tandis qu'il nous parlait, mon regard fouillait dans les rameaux de l'arbre, et j'y découvris deux pattes qui l'entouraient, mais point de corps, point de tête ; le tronc et les rameaux les couvraient. Deux de nos hommes se placèrent du côté opposé, et nous fîmes une décharge au point où j'avais indiqué la présence de l'animal. Au même instant, un grand craquement de feuilles se fit entendre, et un grand et long corps descendit avec une rapidité inconcevable, se posa sur la terre, mit en voûte son dos, et d'un élan subit bondit sur le docteur, qui se trouvait le plus proche de lui. Il avait suivi ce mouvement, et d'un bond presque semblable à celui de la panthère, il s'était jeté à gauche, derrière un arbre.

Quand un carnassier de cette espèce a calculé la vitesse de son bond et de son point d'arrivée, s'il manque son coup, il reste un instant immobile, comme surpris de sa maladresse. Je saisis cet instant pour lui décharger le coup de ma seconde carabine, non dans la tête, que je ne pouvais pas voir, mais dans le côté, que j'atteignis.

L'animal tomba, se roula sur la terre, puis d'un bond furieux s'élança sur le docteur. C'en était fait de lui, si mon Malgache ne se fut jeté en avant, et d'un coup de kriss n'eût ouvert le flanc de la panthère, ce qui l'acheva.

Ma balle avait atteint les os de la face sans pénétrer dans le cerveau ; le coup de kriss donné avec une force prodigieuse et retiré en long, en ouvrant largement le ventre, avait livré passage aux intestins.

— Voyons, dit le docteur, si la moitié de notre sanglier a été complètement digérée.

La digestion de ces carnassiers est si prompte, que nous ne pûmes reconnaître que quelques morceaux de l'antilope.

A l'instant même, une tête hideuse, au regard fauve et brillant, sortit du milieu d'un massif.

— Hyène! dit le docteur ; bête puante et dangereuse la nuit.

Nos fusils étaient rechargés, et trois coups partirent, suivis d'un grognement sourd, d'un grand bruit dans les broussailles, mais nous ne vîmes pas l'animal.

Chose qui me frappa, nos chiens s'élancèrent autour du buisson, en se tenant toujours à distance. Nous eûmes le temps de recharger nos armes, et de nous approcher avec une prudence que l'attitude de nos chiens nous commandait. Il y avait un grand remuement dans le buisson, cependant l'animal ne sortait pas ; était-il blessé assez dangereusement pour ne plus être libre de ses mouvements, ou cherchait-il à se dissimuler, car l'hyène manque de courage plus que de force.

— Finissons-en, dis-je à mes camarades, ce buisson est assez étendu et très-épais ; approchons-en, et tirons au jugé, là où nous verrons l'agitation des rameaux. Déjà nous étions à deux pas du buisson, les yeux fixés sur son étendue, sans voir aucun mouvement dans les rameaux : tout-à-coup nos chiens se jettent sur la gauche, et donnent de la voix avec violence. L'hyène s'était ouvert un passage et fuyait du côté opposé au nôtre.

— Nous la tenons, cria le Malgache, qui la découvrit le premier ; sa fuite me prouve qu'elle est blessée.

Nous voilà lancés à sa poursuite, les chiens la serraient de trop près pour nous permettre de tirer. De temps en temps, elle s'arrêtait et leur faisait face, et soit par antipathie, soit par l'odeur émanée du corps de cette bête, ils s'arrêtaient.

— Laissez-moi la tirer, leur dis-je, je connais l'endroit faible qui, étant atteint, l'arrêtera net.

Je visai là où la queue se joint à l'épine dorsale ; la hideuse bête s'abattit, laboura la terre de ses griffes, tomba sur le côté, puis les chiens l'entourèrent, sans cependant s'approcher de trop près, et hurlant d'une manière insolite, un bruit sourd, profond, je dirais presque un rugissement éteint, domina les hurlements des chiens. L'hyène venait d'expirer.

Enlever la peau encore chaude, puis retourner auprès de la panthère, la dépouiller également de sa peau, fut pour nous l'affaire de quelques instants, grâce à la dextérité de l'Américain dans ces sortes d'opérations.

Pendant qu'elles se faisaient, notre docteur s'était répandu aux alentours, recueillant des plantes et des fleurs, ainsi que plusieurs scarabées curieux, et un grand nombre de papillons aux couleurs éclatantes. Quand il nous rejoignit, il avait une guirlande de ces insectes autour de sa coiffure, un gros paquet de plantes sous le bras et un bouquet de fleurs magnifiques à la main.

— Voilà, nous cria-t-il en agitant son bouquet, de quoi me faire oublier les tigres, les panthères et les hyènes ; la nature est riche dans ces contrées, riche jusqu'à la profusion.

Nous arrivions auprès du retranchement, et notre étonnement fut grand en voyant un groupe d'étrangers assis paisiblement devant un petit chariot, et semblant attendre notre arrivée.

Au milieu d'eux se trouvait celui de nos compagnons que nous avions envoyé à Calcutta porter les deux peaux de tigres, et acheter de nouveaux approvisionnements. Son rapport fut assez étrange : le gouverneur n'avait pas voulu recevoir les deux peaux de tigres, parce que Churchill, chef de l'expédition, ne lui avait pas été présenté à son passage.

On sait que la morgue anglaise est encore plus stupide aux Indes que dans la Grande-Bretagne. Pour qu'ils daignent reconnaître un être quelconque, quel que soit son rang d'ailleurs, il faut qu'il leur ait été présenté. Lord Churchill avait bien obtenu du gouverneur des lettres de recommandation pour les chefs des cantonnements anglais et les rajas soumis à leur domination, mais il ne s'était pas fait présenter à son éminence. C'était un manque de convenance qu'il n'était pas possible de pardonner. Néanmoins, il fit compter à notre compagnon la prime accordée à tout Indous qui avait tué un tigre. Il en profita pour acheter un cheval et un petit chariot qu'il remplit de provisions et de tout ce que nous lui avions commandé d'acheter. Les deux peaux de tigres, vendues à des Chinois, augmentèrent encore le nombre de ses roupies, et ce fut la veille de son départ de Calcutta qu'il fut rejoint par cinq half-cast qui lui proposèrent de se joindre à notre troupe.

On nomme half-cast, dans l'Inde, les individus issus d'une femme indoue et d'un Européen. Cette union, qui devrait leur concilier la bienveillance des Anglais et des Indous, les met hors de toute caste et les prive de toutes considération. La plupart s'engagent dans les régiments de cipayes, où ils ont chance de parvenir aux grades inférieurs; mais beaucoup d'autres, irrités de la réprobation qui pèse sur leurs pareils, se livrent, dès qu'ils sont en âge de manier une arme, à une vie errante dans les bois ou s'associent aux hugs ou étrangleurs, et répandent la dévastation dans les contrées.

Les cinq qui nous arrivaient étaient de grands et beaux hommes, à la figure mâle et énergique; ils n'avaient exercé d'autre métier que celui de chasseurs ou de courriers au service de la compagnie anglaise. C'était pour nous un bien précieux renfort, car ces hommes connaissant la langue des peuplades de l'Inde, et endurcis par de longs et fatiguants exercices, durant lesquels ils avaient appris à connaître les mœurs des carnassiers, seraient pour nous de précieux auxiliaires.

Je commençais à comprendre qu'il nous serait impossible de pénétrer dans les djungles inextricables avec nos chariots; la nécessité nous forcerait de les laisser en des lieux praticables, comme point de ralliement, et de nous disperser à travers les forêts. Ce plan, que je communiquai à nos chasseurs, fut approuvé d'eux, et nous cherchâmes à connaître quels étaient plus particulièrement nos nouveaux associés. Deux avaient été porteurs de dépêches des Anglais, et avaient renoncé à ce dangereux message, parce que, se trouvant seuls à parcourir les djungles et se trouvant sans armes pour se défendre, chaque année grand nombre d'entre eux étaient dévorés par les tigres. Les trois autres appartenaient à cette population nomade qui passe sa vie dans les forêts, demandant sa subsistance à la chasse, et se procurant par la vente des peaux d'animaux tués, de quoi acheter de la poudre et des balles.

Je voulus savoir s'ils partageaient les superstitions indoues relativement à la chair des animaux, car, connaissant l'entêtement des Indiens au sujet de leurs croyances, il eût été dangereux d'introduire parmi nous des hommes pour qui notre manière de vivre serait un objet d'horreur.

Leur réponse fut unanime et pleine d'une philosophie que j'étais loin de m'attendre chez eux. La voici :

« Le tigre et tous les carnassiers dévorent les vaches et les bœufs sacrés, et toute proie qui tombe sous leurs griffes ; ils n'épargnent ni l'homme ni le singe, qui pour eux est un animal sacré ; pourquoi ne nous serait-il pas permis de prendre toute nourriture nécessaire à notre existence, puisque nous n'appartenons à aucune des castes indiennes ? »

Cette réponse nous satisfit, et nous nous occupâmes sur-le-champ de visiter l'intérieur du petit chariot. Il contenait, outre une grande provision de riz et d'eau-de-vie, du tabac, du sucre, du café, du cacao, du thé et des épices, en grand usage dans l'Inde. Ce qui me fit plaisir, ce fut de trouver une caisse en ferblanc assez longue, et pleine de pièces d'artifice, telles que fusées et grenades. On verra quel avantage nous en retirâmes dans nos chasses. C'était chez les Chinois de la ville noire que notre messager avait fait cet achat.

Il se trouvait un sixième homme pour ramener le chariot à Calcutta, si le marché qu'il avait sait avec le messager pour le chariot et pour le cheval ne nous agréait pas.

Nous jugeâmes à propos de le renvoyer à Calcutta avec son cheval et son chariot, en lui donnant une indemnité pour sa route. Brown et English profitèrent de cette occasion pour renvoyer à leur ex-commandant la peau du tigre qu'ils avaient tué ; ils ne voulaient pas que leurs anciens camarades ignorassent leurs exploits. c'était assez naturel, mais ils perdaient une bonne poignée de roupies.

CHAPITRE VII.

Le nombre des chasseurs s'augmente. — Nouvelle incursion dans l'Inde. — Attaque d'un tigre. — Un blessé et beaucoup de contusionnés. — La tigresse. — Attaque terrible. — Sa mort. — On pénètre jusqu'à leur repaire. — Portée de petits tigres. — Retour au campement

En voyant le nombre de nos chasseurs augmenter, j'en revins à l'idée de faire une incursion nouvelle dans l'île. Le nombre de nos hommes nous permettait de laisser une garde suffisante autour des chariots, et puispue nous chassions les tigres, il fallait les aller chercher là où nous étions sûrs de les trouver. Je pris huit hommes, au nombre desquels figuraient quatre de nos nouveaux associés. On doit bien penser que je choisis ceux qui étaient habitués aux chasses dans l'Inde. Au nombre de nos armes offensives et défensives, j'ajoutai une certaine quantité de grenades et de fusées. Prenant des vivres pour plusieurs jours, et ayant fait un examen sérieux de nos armes, nous montâmes dans le bateau, accompagnés de quatre chiens seulement.

Notre passage se fit dès le matin, afin que nous eussions le temps de longer les abords de l'île. Il ne fallut pas aller bien loin pour découvrir un spectacle affreux. Deux cadavres de ces insensés fanatiques qui viennent souvent de loin pour se noyer dans les eaux sacrées du Gange, étaient étendus, à demi dévorés, sur le sable.

— Ami, dis-je à un des half-cast, vous qui connaissez les mœurs du tigre, descendez sur la rive, observez les traces laissées sur le sable, et les entrées ouvertes dans les djungles. Deux alors sautèrent de la barque sur la rive, et je le vis examiner avec attention les traces profondes laissées par les pattes des tigres, puis s'avancer jusqu'à la limite des broussailles, la carabine à la main, et se consulter. Ils disparurent aussitôt à nos yeux, et je crus nécessaire de mettre tout mon monde à terre, dans le cas où ils auraient besoin de secours,

Près d'un quart d'heure s'écoula, et ce quart d'heure ne fut pas pour nous sans anxiétés. Nul bruit ne s'élevait de ces massifs confus; nos oreilles étaient tendues. Je remarquai que les chiens ne donnaient aucun signe de terreur. Tout-à-coup, mais à un endroit éloigné de celui par lequel ils avaient pénétré dans le massif, nos deux chasseurs reparurent.

— Il y a deux passages faits par les tigres, nous dirent-ils, et tous les deux aboutissent au même point. Là, le passage est plus large, et doit conduire au repaire d'une famille de tigres. Si vous voulez, avec le reste de vos hommes, vous rendre au point de jonction des deux passages, nous vous précèderons, et tandis que vous prendrez vos précautions pour repousser une attaque, nous monterons sur un arbre très-élevé, d'où nous pourrons apercevoir assez au loin les mouvements qui se feront dans les massifs. N'en doutez pas, les tigres nous auront bientôt éventés.

Peu d'instants après, nous passions en nous courbant dans le premier passage où s'étaient engagés nos deux chasseurs. Les chiens marchaient en avant, et j'observais avec attention leurs mouvements.

Arrivés au point de jonction des deux voies, nous trouvâmes un espace assez large pour nous tenir les uns près des autres, avec la liberté de nos mouvements. Les deux half-cast étaient déjà au sommet de l'arbre, et nous attendions un signal. Mais un temps assez long se passa sans que rien parvînt à nos oreilles. Enfin, ils descendirent de l'arbre et nous dirent :

— Le repaire des tigres doit être dans un repli de terrain que nous avons aperçu à deux ou trois cents pas de distance.

Ces paroles furent interrompues par un rauquement terrible parti des profondeurs du fourré. Les chiens y répondirent par un hurlement, et se réfugièrent entre nous. L'affaire allait devenir terrible, deux autres rauquements répondirent au premier.

— Attention! dis-je, ces bruits ne partent pas du même point, et nous serons attaqués de deux côtés ; ne tirons pas tous ensemble, afin de faire face au second carnassier qui viendra nous attaquer, et rechargez promptement vos armes. Il me sembla que les tigres avaient pressenti un véritable danger, car le silence régna. Un des half-cast me dit à voix basse :

— Ils rampent comme des serpents, jusqu'à

ce qu'ils soient assez près pour bondir sur nous. Tenez les baïonnettes en l'air, et faites feu dès que l'animal tombera sur vous. Rien ne bougeait autour de nous, l'émotion nous gagnait, le sang bouillonnait dans nos veines. Je pris alors une grenade, et je la lançai aussi loin que je le pus d'un côté, et une autre de l'autre. Leurs détonations se suivirent, elles furent plus considérables que je ne m'y attendais. Alors des rauquements si formidables retentirent, qu'ils auraient épouvantés des hommes moins déterminés que nous. Au même instant un corps noir décrivit un cercle au-dessus des broussailles, et vint tomber à deux pas de nous. Le tigre dans son calme est effrayant ; dans sa colère il est terrifiant. D'un second bond, l'animal s'élança sur nous, mais l'espace était trop court pour qu'il eût toute sa force. Ce fut heureusement sur la baïonnette de mon Malgache qu'il tomba... Malgré sa force prodigieuse, le Malgache fut renversé, mais sa baïonnette toute entière était entrée dans le corps de l'animal... Quatre autres le percèrent, et il renversa quatre hommes. Soit destinée, soit hasard, je me trouvai en face de l'animal abattu par son bond. D'un coup dirigé à l'oreille, je perçai sa tête ; mais, comme mes autres compagnons, je fus renversé par un soubressaut terrible. J'eus le temps de me rele ver, car le monstre était dans les convulsions de l'agonie, et de lui décharger un de mes pistolets dans sa gueule entr'ouverte et menaçante.

Le Malgache, furieux de sa chute, lui déchargea un second coup de carabine dans la tête, et nous n'eûmes plus sous les yeux qu'un monstre expirant dans d'épouvantables convulsions.

— Garde à vous, cria un half-cast, la femelle, car je m'y connais, va tomber sur nous vers la gauche.

La situation était critique, nos armes se trouvaient déchargées. Je lançai promptement une seconde grenade dans cette direction, assez pour l'arrêter, afin que nous eussions le temps de recharger nos armes. Ce fut un grand bonheur, car elle arrivait plus terrible que le mâle. Nous allons en connaître la cause.

L'explosion de la grenade qui lançait des projectiles se fit directement devant la tigresse; d'un bond, elle s'élança dans une petite clairière où les grands yeux de mon Malgache l'aperçurent. Elle allait reprendre son élan, quand sa balle l'atteignit au flanc. Toute notre attention se tourna aussitôt de ce côté, aussi rapidement que l'éclair; mais quelque rapide qu'elle fût, elle n'égala pas la rapidité de la tigresse; elle tomba au milieu de nous, renversant d'un coup de patte un des half-cast, et se jeta sur moi, la langue pendante, les yeux flamboyants, prête à me broyer entre ses deux pattes de devant. Ma baïonnette la perça à la gorge, mon coup de feu partit, mais le canon, dérangé par le mouvement brusque, n'atteignit l'animal qu'à l'épaule. C'en fut assez pour ralentir sa foudroyante attaque, et saisissant ma seconde carabine, j'allais la lui décharger dans la tête, mais elle tenait déjà le half-cast entre ses terribles mâchoires, et je craignis de le frapper en même temps.

La pensée est aussi rapide que l'éclair, et la puissance qui dirige nos mouvements a une rapidité presque égale. Le dos de l'animal m'apparaissait dans toute sa longueur ; ce fut dans l'épine dorsale que je dirigeai mon coup. La terrible gueule de la tigresse se détendit ; le half-cast tomba à terre, et trois balles des nôtres percèrent la tête de l'horrible bête. Ce fut alors que se montra le sang-froid de mon Malgache ; d'un coup de kriss, appliqué en sciant, il coupa la gorge de la tigresse, dont la tête tomba sur le côté.

L'ennemi n'était plus, mais nous avions des blessés, et un qui l'était si dangereusement que le docteur désespéra de sa vie. Un des officiers anglais, English, avait reçu un coup de griffe, qui malgré son vêtement et la petite cuirasse de liége qu'il portait, l'avait déchiré depuis la gorge jusqu'à l'abdomen Trois autres de nos chasseurs avaient reçu des blessures plus ou moins graves, et par un hasard povidentiel, et peut-être aussi grâce à notre sang-froid, le Malgache et moi n'avions reçu que de fortes contusions.

Le docteur, qui s'était comporté bravement, qui avait fait deux fois le coup de feu, n'avait reçu ni blessure ni contusion. C'était donc au milieu de gens éclopés que s'étendait le cadavre encore menaçant de la tigresse.

Nous avions eu déjà des luttes avec ces grands carnassiers, mais aucune n'avait été aussi terrible et aussi désastreuse pour nous. Nous restions donc là, sur le champ de bataille, trois hommes valides, et le reste exigeant les soins du docteur. Non, ce n'était pas une victoire que celle où nous laissions un de nos chasseurs en danger de mort, et plusieurs autres ne se traînant qu'à peine.

Qu'avions-nous à faire? Nous tînmes conseil. Le docteur proposait la retraite vers la Larque. L'esprit brut du Malgache fut d'un avis contraire.

— Allons en avant, nous dit-il, cette tigresse a des petits.

Deux des half-cast furent de son avis, et se

proposèrent de marcher en avant. C'était bien aussi mon intention ; mais dans les circonstances aussi critiques, il ne faut pas froisser l'opinion de ses compagnons.

Tandis que le docteur donnait ses soins au pauvre half-cast, tous ceux de mes compagnons qui pouvaient marcher me suivirent dans une voie assez large ouverte à un fourré très-épais.

L'ardeur de nos chiens me parut se ranimer. Tremblants jusqu'alors, et se réfugiant entre nos jambes, ils se jetèrent en avant, en poussant des aboiements répétés. Sous les djungles se trouvait une voie très-praticable en se courbant ; les chiens s'y engagèrent, nous les y suivîmes.

Déjà nous marchions l'un après l'autre, car la voie ne nous permettait pas de marcher en plus grand nombre de front, lorsque nous arrivâmes autour d'un fourré impénétrable et que nous entendîmes de véritables miaulements.

— Ah ! dit un des half-cast, la nichée est là ; mais comment y arriver ?

— Prenez la hache, leur dis-je, et ouvrez-nous un passage, en suivant cette voie tortueuse.

J'ai raison de la qualifier de tortueuse, car elle se dessinait en zigzags, et devenait de plus en plus étroite. Nous entendions toujours des miaulements, mais beaucoup plus forts.

— Nous arrivons, dit le Malgache, la couvée n'est pas loin.

Nos haches taillaient dans les broussailles ; le chemin s'élargissait, mais lentement ; les chiens aboyaient avec plus de force, cependant ils ne se tenaient pas beaucoup en avant de nous. Nous arrivâmes enfin au plus fort du fourré ; il était tellement épais, qu'il était impossible que la lumière du soleil le pénétrât. Les haches taillaient, les grands buissons tombaient à côté des arbres, et le passage s'ouvrait devant nous

Enfin, nous arrivâmes dans la partie du fourré tellement serrée, qu'il était impossible qu'un être quelconque pût y pénétrer. En avant, et dans un espace fort étroit, se trouvait un vide, et en face une voie d'environ trois pieds de hauteur.

J'assistai avec attention à ces opérations, calculant tous nos mouvements : nous étions en face du repaire de la tigresse. Les miaulements prenaient un caractère plus accentué ; c'était un rauquement faible, mais un rauquement Je pris une grenade et la lançai au milieu du fourré. A peine l'explosion se fut-elle fait entendre, que nous vîmes trois animaux, de la grosseur d'un chat de haute taille, sortir inopinément devant nous. Nos chiens se lancèrent dessus, leurs cris nous avertirent qu'ils trouvaient des ennemis, quoique faibles, capables de se défendre. Les petits tigres, avec une férocité native, leur sautèrent à la gorge, et s'ils n'avaient pas été couverts de colliers à pointes aiguës, ils les auraient probablement étranglés.

Force nous fut de les tuer à coups de baïonnettes. Nous pénétrâmes dans leur repaire. Il est impossible de décrire les précautions prises par la tigresse pour préserver sa portée de la voracité du mâle. Quand le tigre n'a pas trouvé une proie suffisante pour assouvir sa faim, il se jette sur ses petits et les dévore ; c'est pour cela que la tigresse cherche à les lui soustraire. Chez les carnassiers, le courage est dans l'estomac, la faim leur fait braver tout danger, et l'on a vu des tigres affamés se jeter sur des cavaliers de l'armée indigène, en nombre suffisant pour les effrayer, enlever un homme et le porter dans les djungles, afin de le dévorer tranquillement. Chose remarquable, les tigres s'attaquent plutôt au cavalier qu'au cheval : ceci prouve qu'il y a chez eux un calcul parfaitement raisonné ; le cavalier peut être emporté rapidement, sa chair est plus délicate que celle de sa monture ; tandis que l'enlèvement d'un cheval avec son harnachement est infiniment plus difficile.

On croit que les animaux ne réfléchissent pas,

c'est une erreur. Obligés de lutter sans cesse pour satisfaire une faim dévorante, et trouvant presque toujours des obstacles, ils calculent leurs attaques, et emploient des ruses que l'on ne pourrait pas leur supposer. Mais quand la faim presse le tigre, rien ne l'arrête, il faut qu'il l'assouvisse. Dans une foire où plus de vingt milliers d'individus se trouvaient réunis, un tigre vint enlever presque au milieu d'eux un homme qui croyait pouvoir en sécurité couper sa moisson; et il l'enleva et alla le dévorer tranquillement dans les djungles.

Revenons à notre narration

Le docteur, qui lui-même avait reçu plusieurs contusions, et un coup de griffe qui, grâce à son corselet de liége, n'avait fait qu'effleurer la peau, nous conseilla de quitter cette île avant la tombée de la nuit.

— Les vapeurs méphitiques qui s'élèvent de ces marécages, nous dit-il, peuvent altérer profondément notre santé; en outre, nous avons des blessés et des contusionnés; il leur faut un air plus pur, et un repos nécessaire après de pareilles émotions. J'ajoute, dit-il en souriant, que nous trouvons ici des ennemis que nous ne pouvons pas tuer à coups de carabine. Des milliers et milliers d'insectes qui nous dévoreraient et rendraient notre repos impossible; je ne parle point des reptiles; grâce à l'épaisseur de mes guêtres, j'ai pu tuer deux cobra capella, et leur morsure est plus dangereuse que celle des tigres.

La retraite fut donc résolue; mais l'Américain, qui nous avait suivis, procéda à la dépouille du tigre et de la tigresse.

— Celle de ces quatre petits tigres peut nous être utile, enlevons-la, et regagnons notre barque avant que les ombres de la nuit soient tombées sur l'Hougly.

Pauvres vainqueurs, nous nous retirions comme une ambulance; il fallut porter le half-cast sur un brancard. La barque nous transporta sur l'autre rive, d'où nous envoyâmes chercher les hommes du campement; car, en vérite, le peu de valides que nous étions eût été incapable de retourner au camp sans secours.

Ce fut alors que le docteur nous prouva combien sa présence parmi nous était utile : il eut des secours pour tous, et grâce à lui, nous pûmes espérer que le blessé n'en mourrait pas.

CHAPITRE VIII.

Etat du campement et des blessés et contusionnés. — Nouvelle sortie. — Rencontre d'un tigre. — Un blessé. — Retour au camp. — Conseil. — Proposition du docteur. — Grenades de sa façon. — Appât jeté au tigre. — Enlevé aussitôt. — Nouvelle expédition. — Les grenades du docteur. — Lutte terrible. — Tigre tué. — Un Anglais blessé. — Troupe de sangliers. — Effets d'une grenade. — Riche proie. — Révolte d'un cheval. — Nécessité de le débarrasser de la peau d'un tigre. — Rentrée au camp. — Jubilations du docteur.

Notre campement était dans une situation élevée, ombragé par de grands arbres, et l'air méphitique des marais n'y pénétrait pas. Nos blessés malades trouvèrent donc toutes les conditions nécessaires à leur rétablissement. Le half-cast seul nous inspirait réellement des inquiétudes; quant aux contusionnés, il ne leur fallait que le repos et les frictions avec certaines substances que le docteur savait devoir être salutaires à leur rétablissement; il fallait donc séjourner là où nous étions.

Les hommes laissés au campement n'avaient pas perdu leur temps : notre cuisine était approvisionnée pour deux jours. Ainsi, nous étions condamnés à plus d'une semaine de repos, ce qui ne me convenait pas, ainsi qu'à mon Malgache.

Laissant donc le campement, et accompagnés d'un half-cast et de deux serviteurs chargés de porter nos carabines de rechange, nous nous enfonçâmes dans le fourré. Il me fut impossible d'empêcher mon brave Phlox de m'accompagner ; nous prîmes trois autres chiens, les plus forts et les plus hardis de notre meute, et nous nous avançames dans les forêts.

Le docteur se désespérait de ne pas nous accompagner ; quelle moisson de plantes et de fleurs il eût pu recueillir ; et les papillons si éclatants et les scarabées aux reflets métalliques et aux couleurs de l'arc-en-ciel ! Mais le devoir l'attachait au campement : un blessé, cinq à six contusionnés plus ou moins grièvement l'y retenaient ; et lui-même n'avait-il pas eu la poitrine labourée par les griffes de la tigresse ?

Nous partîmes ; la contrée étant une véritable forêt, les passages que nous y trouvions avaient été pratiqués par les carnassiers ou par les fauves. Je demandai au half-cast ce qu'ils faisaient dans ces circonstances.

— Suivons la voie la plus battue, nous trouverons des tigres ou d'autres carnassiers. Prenons garde, car les tigres se tiennent en embuscade, et se lancent sur la première proie qu'ils découvrent. Ne croyez pas, me dit-il en s'approchant de moi, que le tigre ne soit pas comme les hommes de guerre anglais. Il se tient dans l'attente, et saisissant la première occasion favorable, il s'élance à l'improviste sur une proie, l'enlève rapidement et disparaît dans les djungles.

Nous avancions toujours, les yeux attachés sur nos chiens, dont l'odorat plus subtil nous révélait la présence des ennemis cachés.

Trois quarts d'heure se passèrent sans que les chiens nous révélassent l'indice de la présence d'aucun carnassier. Le terrain descendait toujours, les cndulations succédaient aux ondulations, et les djungles devenaient de plus en plus fourrés.

— Halte! nous cria un half-cast, il nous est impossible d'aller plus avant, nous sommes dans le véritable domaine des tigres.

La partie des djungles que nous avions devant nous était tellement impénétrable, que nous ne pouvions y entrer que la hache à la main. Elle s'inclinait rapidement sur le fond d'une vallée qui nous parut sombre et d'où s'élevaient de hautes tiges de bambous et de palmier; des singes, des perroquets et des oiseaux de toute espèce se montraient les uns sur les cimes, et les autres voletant dans l'air. Que faire? attendre la sortie de quelque tigre, pénétrer dans ces halliers où de chaque point un tigre pourrait s'élancer contre nous.

Nous tînmes conseil ; en pareil cas, il est toujours bon de connaître l'opinion de chacun. Un des half-cast fut d'avis que nous devions prendre sur la droite du fourré et descendre vers les bas-fonds. Le tigre, nous dit-il, a besoin de beaucoup d'eau, il y étanche sa soif ardente, il y rafraîchit son corps brûlant. Nous suivîmes ce conseil. Nos chiens restaient calmes, donc les tigres n'étaient pas dans notre voisinage.

Après avoir dépassé la première ondulation de terrain, garni d'assez d'arbustes et d'arbres aux branches étendues, pour rendre notre marche pénible, nous arrivâmes sur un terrain presque marécageux. Là s'offrirent à nous les larges empreintes des pattes des tigres.

—Nous y voilà, dit le half-cast, et si les carnassiers ne sont pas à la recherche d'une proie, nous les verrons bientôt paraître.

Au pied de quelques arbres élevés, se trouvait un tout petit monticule ; j'y fis placer mes chasseurs, et nous attendîmes presque une demiheure.

— Faites sonner le clairon, dis-je, ses accents

inattendus éveilleront peut-être les farouches habitants de ces repaires.

Peut-être pour la première fois ces sons éclatants retentissaient dans ces lieux sauvages. Aucun bruit n'y répondit, sauf un écho presque sourd.

— Que pensez-vous de ce silence? demandai-je au half-cast.

— Je pense, me répondit-il, que les tigres, étonnés de ces bruits insolites, rampent autour de nous, et que, s'ils sont affamés, ils vont nous assaillir ; mais que s'ils ont satisfait leur faim, ils vont se retirer dans le plus épais du fourré, attendons.

Les sons du clairon retentirent encore; enfin, un rauquement épouvantable y répondit. Nous nous serrâmes les uns contre les autres, de manière à faire face de tous les côtés. Nos chiens avaient le poil hérissé, et n'aboyaient pas, ils hurlaient.

— Ah ! voilà l'instant critique, ayez les yeux ouverts sur le fourré.

Ma recommandation était tardive. Un tigre énorme tomba sur nos deux hommes qui étaient en avant, les renversa, et prenant un d'eux par le cou, il se préparait à l'emporter, quand deux balles lui brisèrent le train de devant. Cet homme était mon Malgache ; sa cuirasse de liége et le large foulard qu'il portait autour du cou le préservèrent en partie des griffes et des dents du tigre.

Impassible comme toujours, quoique renversé et serré par la gueule énorme de son ennemi, le Malgache tira son kriss, et l'enfonça jusqu'à la garde entre les deux jambes de devant du tigre. C'en fut assez, le carnassier poussa un rauquement presque plaintif, lâcha le Malgache, qui se releva comme s'il eût été mû par un ressort, et plongea plusieurs fois son kriss dans la poitrine du tigre ; puis, se tournant vers nous, et nous montrant son arme ensanglantée, il s'écria d'un ton de victoire :

— L'homme l'emporte sur le carnassier. Voyez, il est dans les convulsions de l'agonie.

Nous nous approchâmes.

— Mon Dieu ! que ces animaux ont la vie dure! le sang coule à flots de la gueule et du poitrail, et vous voyez comme il bondit encore !

— Etes-vous blessé? lui demandai-je.

— Oui, mais pas assez pour ne pas continuer la chasse ; j'ai senti la pointe de ses crocs pénétrer dans ma nuque, et son souffle brûlant et empesté remplir mes narines ; mais il est là, quoique bondissant encore, tué et bien tué. Voyez les bouillons de sang spumeux qui baignent la terre. Ah ! dit-il en se frottant le cou, tu croyais avoir trouvé une proie, mais tu as trouvé la mort.

En disant ces mots, le Malgache frappa un coup de pied sur le dos du tigre. Un coup de griffe convulsif l'atteignit à la cuisse et l'abattit.

— Etes-vous blessé? lui demandai-je.

— Vêtements et cuirasse de liége, tout a été emporté : une égratignure de plus.

Ce n'était pas une égratignure, mais trois larges et profondes blessures, d'où le sang coulait en abondance.

Tandis que nous nous empressions autour de lui, nos chiens recommencèrent leurs hurlements.

— Attention! s'écria le half-cast, je viens de voir les broussailles se courber; Saheb (c'était le nom que me donnaient nos Indous), lancez une grenade dans cette partie du fourré.

Ce que je fis sur-le-champ. Il paraît qu'elle tomba ou sur l'assaillant ou près de lui, car un rauquement formidable retentit, et à travers les grands arbres, nous vîmes les hauts arbrisseaux se recourber sous la fuite d'un tigre. Je pensai que nous avions assez fait pour la journée; un blessé, des émotions épuisantes demandaient du repos.

— Dépouillez cet animal, dis-je, et regagnons

les hautes terres. Nous pourrons y trouver quelques instants de repos.

Un de nos serviteurs portait des provisions; ce fut au pied d'un immense palmier que nous nous établîmes. Le grand vase au café fut mis sur un brasier, le sucre fut abondamment jeté dedans, et chacun de nous put puiser cette liqueur réconfortante. Des quartiers de venaison déjà grillés nous substantèrent; enfin, un verre d'eau-de-vie du pays acheva notre réfection. Les blessures du half-cast m'inquiétaient; c'était un brave et intrépide chasseur. Nous les enveloppâmes de linges humectés d'eau-de-vie et il put nous suivre au retranchement.

Nos rentrées n'étaient plus triomphales, comme lors de nos premières sorties. Nous ramenions toujours des blessés ou des contusionnés et le nombre de nos chasseurs valides diminuait.

Comme toujours, je voulus tenir conseil; les dangers de notre expédition me paraissaient plus grands que je ne l'avais préjugé. En effet, que pouvaient faire nos armes contre un ennemi aux aguets et rampant à terre, qui tombait sur nous comme une bombe, etdéchirait, brisait ou tuait ceux sur lesquels il s'était abattu. Certes, l'odorat de nos chiens était un préservatif jusqu'à un certain point, mais la marche rampante du tigre était si rapide, son attaque si foudroyante, que l'éveil donné par les chiens devait toujours arriver trop tard. Ce qui pouvait nous servir le mieux, était de lancer des grenades autour de nous dans notre marche, quand nous rencontrions des fourrés trop épais; mais nous serions bientôt à bout de toutes nos grenades.

Le docteur nous proposa d'en fabriquer de sa façon; nous avions de la poudre et des balles, nous acceptâmes la proposition. La halte que nous devions faire au lieu où nous nous trouvions était nécessaire pour rétablir nos blessés. Le docteur se mit donc à l'œuvre, et au lieu de remplir la grenade de balles entières, il les fendit en quatre, et composa une grenade plus grosse que celles que nous avions apportées, qui devait produire une détonation plus terrible, et lancer au loin un plus grand nombre de projectiles.

Nous en fîmes l'essai à deux cents pas de nos chariots. Je ne sais quelles matières le docteur avait employées; la détonation fut si grande, que nous crûmes entendre le bruit d'un canon de fort calibre. Les fragments de balles avaient pénétré dans les troncs de presque tous les arbres environnants; un d'eux était tombé tout près de nos chariots.

— Eh bien! nous dit le docteur en se frottant les mains, avons-nous les moyens d'écarter les carnassiers, et par conséquent de pouvoir leur envoyer les balles de nos carabines, sans qu'ils aient le temps de tomber sur nous comme la foudre?

— Ce n'est pas le tout, nous dit-il d'un air mystérieux ; je veux que chaque balle produise dans le corps de l'animal, quelque partie qu'elle touche, un désordre tel qu'il puisse se trouver à notre merci.

Alors, il nous expliqua qu'au moyen d'une substance chimique dont il avait fait provision pour la conservation de ses insectes, il espérait rendre nos balles explosibles.

— Ah ! ah ! s'écria l'Américain, j'ai entendu parler de ces projectiles à des pêcheurs de baleines. Ils disaient, et cela me paraissait une histoire inventée par ces hardis marins ; ils disaient donc qu'une baleine qui avait reçu trois harpons et qui entraînait les bouées avec une rapidité effrayante, fut arrêtée net, à l'instant où elle se montrait pour respirer et lancer son jet d'eau, par deux balles dites explosibles, et qui firent éclater la tête comme une mine l'eût fait. Foi de pionnier américain, si le docteur nous donne des balles de cette qualité, non-seulement je défie le tigre, mais encore un des plus gros et des plus forts des animaux, le rhinocéros ; quant à l'éléphant, si nous en rencontrons, comme je l'espère bien, il est sûr et certain qu'il nous laissera ses défenses, sa trompe, qu'on dit être un mets délicieux, ainsi que ses énormes pattes, qui, sous ce rapport, ne le cèdent en rien à la bonté de la trompe.

Les half-cast, auxquels nous donnerons dorénavant le nom de métis, secouèrent la tête en signe de doute. L'Inde est le pays de la routine et de l'incrédulité à tout ce qui ne leur est pas connu.

— Nos bonnes carabines, disaient-ils, valent mieux que les inventions du Saheb docteur.

Or, ces bonnes carabines leur venaient des cipayes qui, après la prise de Luknow, s'étaient dispersés dans le pays, où ils avaient été traqués comme des bêtes fauves. Quoi qu'il en soit, ces armes étaient des carabines Minié, dont la compagnie anglaise avait armé ses régiments de cipayes, quelque temps avant la révolte dont ces armes hâtèrent l'explosion.

En effet, ces cartouches étaient graissées avec de la graisse de mouton, à laquelle la religion des cipayes permettait d'être en contact ; mais les fauteurs de la révolte leur persuadèrent que ces cartouches étaient graissées avec de la graisse de porc, à laquelle leurs croyances religieuses ne leur permettaient pas de toucher.

Le docteur, sans faire attention à ces marques d'incrédulité, se retira dans le second chariot, et nous crûmes qu'il allait mettre en ordre son herbier et sa récolte de papillons et de coléoptères. N'ayant rien de mieux à faire qu'à nous reposer et à donner des soins à nos malades, nous les étendîmes sur des manteaux au pied des arbres, afin qu'ils pussent jouir d'un air plus libre que dans les chariots.

Les serviteurs s'occupèrent de préparer notre repas de riz et de tranches de venaison mises à la broche ou étendues sur des charbons ardents. La fumée de ces grillades s'éleva si abondante, que mon Malgache dilatait ses narines pour la saisir au passage.

— Oh ! s'écria-t-il, si j'étais tigre, je sentirais ces bonnes odeurs à plus d'une lieue de distance.

Cette exclamation me fit réfléchir ; l'odeur qu'exhalaient les préparatifs de notre repas était réellement propre à nous attirer des tigres affamés ; il n'en était point ainsi des singes de toute espèce que nous voyions gambader sur les arbres environnants, et qui fuyaient en criaillant. Le singe est un animal frugivore, et ne peut être amené à manger de la chair que dans l'état de domesticité, et encore faut-il qu'il n'ait à sa portée ni fruits ni racines. Tout en jetant les yeux aux environs, je crus remarquer dans les djungles des mouvements d'arbrissaux ; joignez à cela les criaillements des singes et leur fuite précipitée. Nos chiens étaient tellement occupés à dévorer les entrailles d'un antilope et de quelques autres menues pièces de gibier, qu'ils ne sentaient que l'odeur du sang et les émanations d'une chair fraîche. De leur côté, nos chevaux broutaient avidement des feuilles vertes et des herbes cueillies dans les lieux le plus bas. J'appelai mon brave Phlox, rétabli de ses contusions et qui prenait sa part au festin dont se régalaient ses confrères.

Il se rendit à ma voix, tout en jetant un regard de regret sur la grasse pâture étendue sur la terre.

Je dis au Malgache de lui essuyer le museau sanglant, qui pouvait émousser une partie de son odorat.

— Phlox, lui dis-je en étendant la main vers les djungles, y sens-tu quelque chose? Il me comprit, et ouvrant largement ses naseaux, il aspira l'air.

Soudain son poil se hérissa, ses oreilles se dressèrent, et il poussa un long aboiement.

Je fis signe au Malgache de me suivre. En passant auprès de la petite tente où notre venaison se trouvait à l'abri du soleil, je vis qu'il y restait encore la moitié d'un antilope.

— Prenez cela, lui dis-je, et allez le suspendre

à cet arbre qui se trouve isolé au-devant de la clairière.

Il jeta le fardeau sur son épaule, et la carabine à la main, il s'avança pour exécuter mon ordre.

Je me tenais aussi prêt à faire feu ; mais il n'en fut pas besoin.

Le Malgache, après avoir exécuté mon ordre, revint en me demandant d'un air étonné ce que je voulais faire. Au lieu de lui répondre, je lui indiquai de la main l'arbre où le quartier d'antilope était suspendu.

— Ah ! dit-il ; et prenant sa carabine, il fit feu en même temps que moi. Un tigre énorme s'était dressé sur les pattes de derrière, avait arraché le quartier de venaison, et fuyait dans les djungles.

L'avions-nous atteint? Son action avait été si prompte, et sa fuite si rapide, que nous en doutâmes.

— Il va se repaître, me dis-je, laissons-le tranquillement dévorer sa proie, nous le trouverons rassasié et moins féroce. J'appelai tous nos chasseurs ; nos chiens étaient repus, il nous fut difficile de les mettre en chasse.

Muni de quatre grenades de la composition du docteur, nous nous avançâmes dans un quartier bien connu de nous. C'était sur la droite que le tigre s'était retiré.

Arrivés au point où il avait disparu dans les djungles, je recommandai le silence. Mon brave Phlox avait le poil tellement hérissé, que je compris que le carnassier n'était pas loin.

Je tenais à la main une grenade; je m'avançai dans la voie ouverte par le tigre. Phlox me suivait pas à pas; craignant qu'il ne hurlât, je lui serrai le museau avec la main gauche; comme de coutume, les autres chiens ayant senti le tigre, se tenaient derrière mes gens. Après une vingtaine de pas, je m'arrêtai, écoutant avec beaucoup d'attention le bruit qui pouvait provenir du côté du fourré. Des craquements d'os, des grondements sourds, me démontrèrent que nous étions près du carnassier; mais les arbres aux rameaux pendants, les broussailles aux tiges élevées, m'empêchaient de voir à quelques pas devant moi. Le Malgache s'avança jusqu'à mon côté, et me dit à voix basse :

— Il est là; il me semble que je le vois; il avale sa dernière bouchée; ferai-je feu?

— Non, lui répondis-je sur le même ton; avançons encore un peu, mais sans bruit.

Comme tous les animaux carnassiers qui dévorent une proie, le tigre ne songeait qu'à la satisfaction de son estomac; dans cet instant, les bruits extérieurs n'étaient pas écoutés par lui.

Un palmier se trouvait devant moi. Je me mis à l'ombre de son tronc, et je portai les yeux en avant.

Quoique le tigre n'eût enlevé la moitié de l'antilope que depuis peu, déjà il l'avait dévorée, et se dressant sur ses énormes pattes, le museau sanglant, la langue pendante, il cherchait dans l'air les émanations de nouvelles victimes. Il ne présentait pas positivement la tête de face; cependant je crus l'instant favorable pour lui lancer ma balle. Prenant le bras du Malgache, qui se trouvait près de moi, je lui dis :

— Attention!

Ma carabine fut aussitôt en joue, ma balle partit, et celle du Malgache la suivit immédiatement.

La bête fut atteinte, elle fit un saut prodigieux et se précipita sur nous. Mon brave Phlox, au lieu de se tenir à mon côté, se jeta en avant. J'avais déjà la main à ma seconde carabine, et j'attendis. Ce ne fut pas long; en deux bonds le tigre se trouva à deux pas de moi, pour recevoir mon second coup et ceux de mes compagnons.

Dans mon enfance, j'avais vu les lièvres tomber sous mon plomb, se relever et tomber encore. C'est ce qui arriva au tigre. Un rauquement brusque, saccadé, me prouva qu'il était atteint dans les organes essentiels à la vie.

M'approcher de lui, le toucher avec ma baïonnette, fut mon intention ; une force inattendue me rejeta en arrière : c'était Phlox qui m'avait saisi par mes vêtements, et m'avait fait chanceler. Ignorant d'où me venait cette pression, je me détournai presque avec colère, et mes yeux rencontrèrent les yeux de mon cher animal. Les siens exprimaient une affection, un dévouement qui me touchèrent. Ses sentiments étaient plus rapides que l'éclair ; au même instant j'entendis un *goddam* prononcé avec colère. Le tigre, dans sa dernière convulsion, avait saisi d'un coup de patte la cuisse d'English, qu'il avait presque attiré sur lui. Mon Phlox avait donc prévu ce dernier mouvement de fureur, et m'en avait soustrait.

L'agonie du tigre sauva English, et ce fut la cuisse sanglante et longuement entamée, qu'il se rejeta en arrière.

L'homme comme les animaux, à ses derniers moments, emploie le reste de ses forces au sentiment de la vengeance. Il était donc là devant nous, la gueule sanglante et couverte d'écume, la langue pendante et les mâchoires écartées, ce terrible ennemi que l'on ne peut, même après sa mort, regarder sans effroi.

Mon impassible Malgache le saisit par le train de derrière, et voulut le soulever. Les flancs de la bête carnassière battaient encore avec force ; le souffle du râlement sortait profond et puant de sa gueule. Le Malgache dit :

— Trop pesant pour moi, il a plus que la pesanteur d'un bœuf.

En effet, le tigre mesurait près de huit pieds depuis l'origine de la queue jusqu'au bout du museau ; sa taille s'élevait à plus de trois pieds. Quelle peau, et quel effrayant animal ! J'engageai mes chasseurs à se tenir sur leurs gardes, et je m'avançai un peu plus avant dans les djungles ; arrivé au point où le tigre avait dévoré paisiblement la moitié de l'antilope, il n'en restait pas le plus petit lambeau de chair, mais des os brisés. Quelles puissantes mâchoires avait donc cet animal ; en moins d'une demi-heure il avait absorbé au moins vingt kilogrammes de chair, brisé et broyé les os.

Je passai la main sur la tête de mon bon chien, ses yeux exprimaient une joie sans égale. Il avait compris et prévenu le danger qui me menaçait. Oh ! oui, tu étais heureux, mon bon Phlox, et lorsque ta grosse tête se frottait contre mes flancs, je comprenais ton bonheur.

Pendant ce temps-là, l'Américain, dit le Brûlé, dépouillait avec son activité ordinaire le monstre que nous avions sous les yeux. Un de mes serviteurs bandait les plaies de l'officier anglais, et nous allions retourner au campement, quand quatre à cinq chacals passèrent en fuyant à notre portée.

— Il y a des tigres ou d'autres animaux terribles dans le voisinage, nous dit un des métis; les chacals ont l'oreille dressée et fuient avec épouvante.

— Chargez vos armes, dis-je aux chasseurs, et attention !

Les chiens se mirent à aboyer au lieu de hurler, ce n'était donc pas un tigre. Notre attente ne fut pas longue : plusieurs sangliers suivis de marcassins débouchèrent dans la clairière ; ils suivaient une piste.

Si le sanglier est loin d'être aussi redoutable que le tigre, il n'en est pas moins très-redoutable. Il pousse en avant, insouciant du danger, et la force de son boutoir est telle qu'il éventre hommes, chevaux ou chiens d'un seul coup. La bande s'arrêta un instant dans la clairière; il est évident qu'elle ne s'attendait pas à nous rencontrer. Son parti fut bientôt pris. La tête baissée, le poil hérissé, elle se dirigea vers nous

— Ma foi, me dis-je, il faut que j'essaie l'effet

ne produira sur ces animaux la grenade du octeur. Je la lançai aussi loin que je le pus sur ı route que suivaient les sangliers en soufflant t en grognant. Elle éclata avec un bruit tel ue la troupe des pachydermes s'arrêta net. — 'eu! dis-je. Cette détonation acheva de les épouanter ; mais un d'eux était resté sur le champ e bataille.

— Nous nous trouvions donc seuls, et lorsque ous nous approchâmes du sanglier, nous vîmes avec étonnement que la bombe lui avait mporté la mâchoire inférieure.

— Oh ! oh ! dit le Malgache, voilà encore de onnes grillades pour le docteur, mais il ne oudra pas les suspendre aux arbres voisins de ios chariots.

Il faut que les djungles et les marécages ournissent une nourriture bien abondante aux angliers, car celui-ci avait un embonpoint exraordinaire.

Il ne s'agissait plus que d'enlever la dépouille lu tigre et cette énorme venaison qui était beaucoup plus pesante que la peau du tigre, quoique bien lourde elle-même.

L'officier anglais ne pouvant marcher, mon Malgache le prit entre ses bras, l'enleva comme l l'eût fait, d'un enfant, et l'emporta presque en courant vers notre campement, qui, du reste, n'était pas très-éloigné. Il revint bientôt avec un cheval, sur le dos duquel nous parvînmes à mettre en travers le corps du sanglier, puis nous jetâmes par-dessus la peau du tigre. Alors une lutte s'engagea entre le cheval et le Malgache ; dès que l'animal eut senti l'odeur du tigre, il se leva sur les pieds de derrière, renversa son fardeau, puis retombant sur ses quatre pieds, il se mit à lancer des ruades.

Deux chasseurs jetèrent la peau sur de longues branches en guise de brancard, puis la portèrent vers le retranchement, tandis que le cheval un peu calmé recevait sur son dos la lourde charge du sanglier ; mais ce fut impossible de le faire suivre la même voie que suivaient les hommes qui transportaient la peau. Il fallut prendre une route différente, et enfin nous arrivâmes à bon terme.

Ce fut vraiment avec des acclamations de joie que nous accueillirent les autres chasseurs; les blessés et les contusionnés demandèrent qu'on étalât la peau du tigre sur des pierres. Le docteur, plus curieux de bonnes grillades que de toute autre chose, descendit du chariot, où il se tenait enfermé, et alla examiner le cadavre du sanglier.

— Ah ! ah ! dit-il, ma grenade a produit son effet ; ce n'est pas une balle qui a fracassé ce boutoir; si mes grenades peuvent ainsi briser un boutoir aussi fortement organisé que celui-là, je crois bien que la gueule d'un tigre n'y résistera pas.

Et il paraissait rayonnant, le bon docteur, et il mesurait la proie opime qu'il avait sous les yeux, et sans l'accuser de gourmandise, on pouvait dire qu'il y trouvait une excellente hure, des côtelettes succulentes, et de larges bandes de chair retirées du dos de l'animal.

CHAPITRE IX.

Indices de fièvre. — Conseils du docteur. — Levée du camp. — Arrivée dans la route de Calcutta. — Halte du soir. — Veille de la nuit. — Indices donnés par Phlox. — Envoie de deux métis à la découverte. — Leur retour. — Révélations sur l'association des Bils et des Thugs. — Anxiétés. — Conseil et précautions prises. — Etranglement des deux officiers anglais. — Arrivée à une station anglaise.

Un examen des membres de notre association assombrit un peu la joie du docteur. Nos blessés allaient mal. Une fièvre qu'il nommait paludénne s'était emparée de nous. Malgré ma forte constitution, je ressentis des frissons de la fièvre. Le grand Malgache lui-même vint me demander pourquoi il tremblait.

Quoique à une certaine distance des rives de l'Hougly, ses vapeurs méphitiques s'élevaient jusqu'à nous, moins denses, il est vrai, que dans les bas-fonds, mais assez subtiles pour troubler notre organisme.

— Il faut décamper, nous dit le docteur, autrement nos chariots ne seront que des salles d'hôpital; dirigeons-nous vers les hautes terres du nord : les vastes forêts, la végétation luxuriante ne nous enverront que des émanations salubres. Il n'y a pas à balancer, ajouta-t-il avec feu ; il faut que nous décampions aujourd'hui même, avant que la fièvre ait abattu l'énergie de nos chasseurs.

Le clairon sonna, et l'ordre du départ fut donné ; sous la conduite d'un métis, nous rejoignîmes la route qui conduit de Calcutta au gros bourg de Crampoor.

— Là, nous dit-il, nous trouverons un air pur, une population assez nombreuse, et nous serons accueillis comme des libérateurs, puisque nous chassons les tigres.

La marche est lente à travers les djungles, et à chaque instant il fallait employer la hache pour ouvrir un passage à nos chariots. Ce ne fut que vers la fin du jour que nous atteignîmes ce qu'on appelait la route frayée.

Nous fîmes halte, établîmes notre campement, et mîmes nos chevaux à l'abri de la rapacité des tigres, s'il s'en trouvait dans notre voisinage.

On ne se fait pas une idée assez exacte de l'influence qu'exerce l'atmosphère sur les différentes parties de l'organisme humain : il nous sembla que notre respiration était plus libre, et notre pouls moins agité, et ce fut avec plaisir que nous vîmes se faire les préparatifs du souper.

Il est bien entendu que le docteur avait remisé dans le chariot aux provisions notre énorme venaison de sanglier. La hure, détachée du corps, fut embrochée devant un immense brasier, chaque morceau fut séparé de ce grand corps avec un soin tout particulier et sous la direction du docteur. L'Américain se signala dans cette opération, et nous prouva qu'il avait présidé à plus d'un repas dans les forêts du Nouveau-Monde. L'appétit répondit à tous ces préparatifs, et le supplément de tout repas, le thé avec force sucre, fut préparé dans notre grande chaudière, où chacun put puiser à loisir.

— Laissez-les faire, nous dit le docteur ; quand l'estomac dit : J'ai faim, il faut le rassasier. Le thé facilitera la digestion, et si la nuit se passe tranquille, et que nous puissions nous livrer au sommeil, demain matin nos chasseurs se demanderont s'ils n'ont pas laissé les ferments de fièvre sur les bords de l'Hougly.

Il parlait en médecin, et je l'approuvai entièrement ; mais j'avais de mon côté un autre devoir à remplir : si nous étions plus éloignés des bas-fonds, repaires des tigres, il n'en fallait pas moins se tenir en garde contre leurs attaques nocturnes ; nos chariots furent rapprochés parallèlement, laissant assez d'espace pour y attacher nos chevaux. Je fis renouveler la quantité de graisse suffisante pour entretenir notre petit phare durant la nuit, et j'allai m'y installer pour commencer la première veille. Les chiens, repus, dormaient sous les chariots, et je n'entendais que de rares piétinements de nos chevaux.

Le ciel était d'une pureté inconnue aux contrées de l'Europe ; un souffle léger faisait frissonner les feuillages des arbres, et du point assez élevé où nous étions campés, on pouvait apercevoir dans un assez grand lointain de longs réseaux de vapeurs blanchâtres qui s'élevaient des vallées, et au-dessus des cours d'eau. Autour de nous, se serait élevé un silence complet, si les glapissements des chacals ne l'eussent interrompu de temps en temps.

Quelle sombre magnificence m'offrait alors cette terre antique de l'Inde, sous un ciel transparent et que je pourrais appeler une demi-clarté. Du côté du nord, de hautes montagnes apparaissaient dans un lointain dont je ne pouvais calculer la distance ; à gauche, les longs réseaux de forêts, ne présentant que des masses sombres ; à droite, les nuages demi-transparents qui couvraient l'Hougly, et plus loin, à un étage supérieur, leurs masses onduleuses qui s'élevaient au-dessus des grandes eaux du fleuve sacré, le Gange. Les étoiles brillaient dans le ciel avec un éclat tellement scintillant, qu'elles me donnaient l'idée de soleils lointains qui dardaient leurs rayons dans les espaces incommensurables de l'éther.

Je me laissai aller à cette contemplation presque terrifiante, oubliant qui j'étais, où nous étions et où nous voulions aller.

Un second grondement de Phlox me rappela à la réalité ; il était près de moi, la tête appuyée sur mes genoux ; je passai la main sur son dos ; le poil n'en était pas hérissé, mais il grondait toujours sourdement. Je descendis pour réveiller le Malgache, et je le chargeai de me remplacer à l'observatoire. Dès que je fus descendu du chariot, j'allai visiter nos chevaux. Ils étaient étendus sur le sol devant une large pitance de paille de riz ; ils étaient tranquilles. Ce n'était donc pas de carnassier dont l'odorat de Phlox avait ressenti le voisinage. Qu'était-ce donc?

Je me rappelai alors que, dans l'intérieur de l'Inde, circulaient des bandes de maraudeurs et de brigands, et plus dangereux qu'eux, des étrangleurs ou des Thugs. Il était bon de nous tenir sur nos gardes ; j'éveillai de préférence deux de nos métis. Ils connaissaient l'Inde et les dangers qu'on y rencontre à chaque instant. Ils prirent leur carabine, et serrant leurs ceintures, ils s'éloignèrent sans bruit et presque en rampant de notre retranchement.

Les heures s'écoulaient, et plein d'anxiété, j'attendais leur retour. Certes, s'ils avaient fait une rencontre hostile, leurs carabines auraient parlé. Eh bien ! ce silence m'inquiétait plus que si j'eusse entendu des détonations ; car alors j'aurais su qu'il y avait du danger, et de quel côté il se trouvait.

Enfin, j'aperçus deux ombres se rapprochant du campement : je reconnus nos deux métis.

— Quelle découverte? leur demandai-je brusquement.

— Pas de danger pour nous, me répondirent-ils. Nos chariots, et la lumière qui les domine, font soupçonner un grand nombre de voyageurs. Si nous ne nous sommes pas trompés, les trois hommes que nous avons découverts au pied d'un arbre touffu sont des Thugs.

J'étais arrivé dans l'Indoustan non comme un homme qui en connaissait les mœurs, mais comme un chasseur qui, après avoir combattu les lions dans le midi de l'Afrique, désirait combattre les tigres si redoutés de cette contrée. En arrivant à Calcutta, je n'avais reconnu que la morgue anglaise, et cette impossibilité de s'assimiler les populations conquises. Les quelques détails que j'avais pu me procurer sur la chasse au tigre ne m'avaient été donnés que par des hommes que les Anglais regardent comme de bas étages, mais qui, pour moi, étaient des hommes pratiques. C'est sur leurs données que mes préparatifs de chasse s'étaient faits. Chose étrange et qui prouve mon isolement de la société anglaise, c'est que je n'avais rien appris sur le thuggisme.

— Donnez-moi donc quelques détails sur ces hommes? demandai-je à mes métis.

Un d'eux sourit et me répondit: C'est facile, Saheb, si nous devons rester avec vous; mais si nous devons nous séparer bientôt, notre bouche sera close. Je les rassurai, et entrant avec eux dans le chariot, je leur donnai à chacun une poignée de roupies, en leur disant : Vous resterez avec moi, si vous pouvez me parler avec sincérité.

— Le plus jeune me dit alors :

— Nous avons fait, durant plus de deux ans partie de l'association des Bils. On peut dire qu'ils sont les frères des Thugs, mais il faut faire cette distinction : c'est que, si les Bils détournent les voyageurs et les pèlerins, ils ne les étranglent pas. L'association des Thugs a pour religion et pour divinité la déesse Kali ou Bowaneie, ce qui est la même divinité. Détruire est pour les Thugs un principe religieux. Il l'ont étendu jusqu'au vol, et profitent des dépouilles de leurs victimes.

Ordinairement les Thugs, au nombre de trois, ayant l'extérieur d'honnêtes marchands ou de pieux pèlerins, se joignent à ceux-ci, comme ayant pour but le même pèlerinage. Durant la route, dans les campements, ils se montrent très-empressés et très-serviables. Le soir, au campement, ce sont eux qui vont à la recherche des bois morts pour faire les feux ; ils gagnent ainsi la confiance de leurs compagnons de voyage, et quand ils ont reconnu ceux qui possèdent le plus, ils parviennent à les tirer à l'écart ; alors un des trois lui lance autour du cou un long mouchoir, au bout duquel est une pierre, puis, l'ayant renversé, ils lui brisent la colonne vertébrale qui touche à la tête ; un second le dépouille, tandis que le troisième creuse une fosse, où l'on jette et on recouvre le cadavre, et les trois Thugs retournent tranquillement au camp.

La disparition d'un des pèlerins est attribuée aux tigres.

Depuis les monts Himalaya, en comprenant le royaume d'Aoude, cette association fortement organisée compte plus de trente mille hommes, ayant leur point de réunion et leurs chefs de cantonnements.

Ces révélations me frappèrent de stupeur ; un coin du voile qui couvre l'Inde anglaise fut levé pour moi.

— Chasseurs, leur dis-je, vous qui paraissez si bien renseignés sur cette épouvantable association, veillez sur nos gens, et mon appui ne vous manquera pas. Combien nous faudra-t-il de journées pour atteindre la bourgade dont vous m'avez parlé ?

— Une journée et demie, me répondirent-ils. Nous sommes dans la route tracée, et le chemin ne nous offrira plus d'obstacles.

J'avoue que ce que je venais d'apprendre m'avait inspiré une mystérieuse terreur ; lutter contre les carnassiers allait à mon caractère ; mais, contre des hommes revêtus de l'extérieur de la politesse et de l'obligeance, me semblait indigne d'un homme de cœur. Je veillai moi-même, le reste de la nuit, me fiant plus à l'instinct admirable de mon chien qu'à mes regards, qui parcouraient ces solitudes.

Le lendemain, je convoquai les deux officiers anglais, et leur fis part de ce que j'avais appris. Il fut convenu entre nous qu'aucun étranger, sous quelque prétexte qu'il se présentât, ne serait admis dans notre compagnie.

La nuit avait été fort calme. Vers ses dernières heures, succombant au sommeil, je me fis remplacer par l'Américain, et j'allai me jeter sur mon hamac, où je pus me livrer quelques heures à un sommeil qui, certes, ne fut pas paisible ; je voyais toujours ces reptiles à figure humaine se glissant dans notre camp, et nous immolant à leur déesse sanglante de la mort et à leur cupidité.

Certes, en me rendant dans l'Inde, je n'avais aucune connaissance de l'état dans lequel elle se trouvait ; je savais qu'elle était opprimée par la Compagnie anglaise, dont le seul soin était d'étendre son territoire et de tirer tous les trésors possibles des petits princes environnants qui se partageaient le pays ; mais j'avais regardé comme une histoire exagérée ce que l'on disait de ses croyances religieuses.

Le récit que m'avait fait le métis jetait quelques troubles de plus dans mon esprit, et comme cela arrive aux esprits droits qui ne comprennent pas les ruses infernales, je me laissai aller aux soupçons que ces étrangers qui s'étaient introduits parmi nous d'une manière si inattendue pouvaient être associés au thuggisme, et n'attendre qu'une occasion favorable pour nous étrangler tous ; notre extérieur, nos chevaux, nos chariots et le bagage qu'ils contenaient, pouvaient certes bien exciter la cupidité dans un pays où l'assassinat et le vol étaient si parfaitement organisés.

Ne voulant pas communiquer mes soupçons aux deux officiers anglais, j'eus l'idée d'en faire part à l'Américain, dont le caractère de franchise m'était connu, et qui, par ses antécédents, ne pouvait sympathiser avec des étrangleurs. Il écouta froidement ma confidence et me dit :

— J'aurai l'œil ouvert sur les métis, recommandez seulement au Malgache de m'obéir sans attendre vos ordres, et je vous réponds que si parmi nous nous avons de pareils bandits, ils n'étrangleront personne des nôtres, et que leurs corps serviront de pâture aux carnassiers de ces forêts.

Je me repentis quelque temps de ces confidences, et tant est grande la versatilité de l'esprit humain, que je me repris à la confiance envers les métis. En effet, ne s'étaient-ils pas montrés braves et dévoués dans toutes les attaques que nous avions faites ou reçues des tigres?

Mais tout-à-coup une autre idée surgissait : en nous indiquant la bourgade où nos malades pouvaient se rétablir, n'auraient-ils pas en vue de nous jeter au milieu d'une population composée de leurs adhérents?

Ces pensées me fatiguèrent d'autant plus, que mon caractère n'était point défiant, et que jusqu'alors j'avais vécu au milieu d'hommes francs et honnêtes.

Nous avancions cependant, et quoique la route s'élevât en pente, nous faisions infiniment plus de chemin qu'à travers les djungles.

Quoique en nous élevant dans les terres, l'air devînt plus agité et plus frais, nous fûmes cependant obligés de nous arrêter au milieu du jour. Nos chevaux étaient couverts de sueur, et nos chiens suivaient, la langue pendante.

Après avoir gravi une colline assez raide, nous aperçûmes devant nous un joli vallon, au fond duquel murmurait un cours d'eau, et qu'ombrageaient des bananiers, des cocotiers aux larges éventails, et beaucoup d'autres espèces d'arbres.

Dès que nous fûmes arrivés sur les bords du cours d'eau, nous fîmes halte, et nos animaux purent se désaltérer à l'aise. Nous fîmes ce que font les pèlerins et les voyageurs : après avoir tout préparé pour le repas, nous nous étendîmes sous les ombrages, trop heureux de pouvoir trouver le frais et le repos. L'infatigable docteur était déjà en quête de fleurs, de plantes et de coléoptères. Certes, le repos que nous goûtions était presque enivrant. Une somnolence voluptueuse pesait sur nos paupières, lorsque le docteur arriva et nous dit d'un air effrayé :

— Holà! amis, ne vous endormez pas sur les fleurs et sur la verdure; des êtres aussi dangereux que les tigres rampent autour de vous.

— Que voulez-vous dire, docteur ?

— Je veux dire que de petits serpents, dont la morsure est tellement active, que deux heures après la mort s'en suit, infectent cette vallée. Grâce à mes bottes épaisses et à l'attention que j'apporte à la recherche des plantes, j'ai pu échapper à la morsure de ces dangereux reptiles.

Il achevait à peine de nous parler, qu'un de nos chiens poussa, non un hurlement, mais un gémissement, et tomba sur le côté. La patte qui avait été mordue s'enfla presque à vue d'œil, et la pauvre bête expira sous nos yeux.

— Quelle abominable contrée, me dis-je ; partout des carnassiers, des voleurs et des étrangleurs, et quelle nuit passerions-nous, si nous n'étions enveloppés de mousliquaires? Un autre désagrément nous fut encore révélé. Les provisions fraîches que nous avions suspendues sur les voitures se trouvèrent tellement rongées par toutes sortes de fourmis et de thermites, qu'elles ne pouvaient servir qu'à la pâture de nos chiens.

— Pouah ! s'écria l'Américain, il faut que nos carabines nous donnent le souper du soir : mais passerons-nous la nuit dans ce vallon si frais, si ombreux ? Demain matin, on ne trouverait plus que nos os.

Autre inconvénient : si le cours d'eau n'était pas large, il était profond. Et comment le faire traverser par nos chariots ? Je le remontai durant plus d'un mille, et parvins enfin à un lieu où l'eau, trouvant plus d'espace pour s'étendre, ne me paraissait pas avoir plus d'un pied de profondeur.

Les chariots furent conduits, et il pouvait être quatre heures de l'après-midi lorsque nous arrivâmes à ce large gué. D'abord, nos chevaux n'enfoncèrent pas beaucoup dans les sables ; mais, lorsque nous fûmes arrivés vers le milieu du courant, ils avaient de l'eau jusqu'au poitrail. Comment les chariots pourraient-ils être retirés de là ?

Embarras imprévu, mais dont il y avait hâte

de sortir. Les chevaux du second chariot furent dételés et conduits au-delà du courant; des cordes attachées à l'aiguille du premier joignirent leurs forces à celles de ceux qui y étaient déjà attelés.

Mon Malgache perdait de son impassibilité en voyant la lenteur avec laquelle le chariot avançait. Je crois, en vérité, qu'il invoqua tous les dieux du Sacalave, et ceux qu'il avait connus dans le cours de ses voyages; il descendit dans l'eau, qui lui allait presque au cou, excitant les chevaux et tirant de toutes ses forces. Tout-à-coup il poussa un ohé! presque joyeux, et retira du fond de l'eau une assez jolie tortue, qu'il savait être fort utile à la cuisine.

Enfin le chariot arriva sur le bord; le second suivit la même route avec les mêmes peines, et nous nous trouvâmes à sec sans nous plaindre d'un bain qui avait ranimé nos forces presque épuisées par tant d'efforts.

— Où il y a une tortue, nous dit le Malgache, il y en a d'autres; d'où j'ai pu en tirer une, nous pouvons en trouver d'autres pour notre souper. Et, armé d'un long bambou et d'une corde au bout de laquelle se trouvait un crochet en fer qui servait à suspendre les hamacs, il redescendit dans le cours d'eau, et commença sa pêche aux tortues.

Elle fut fructueuse, et nos chasseurs trouvèrent ce changement de nourriture très-agréable et firent honneur à la pêche du Malgache. Comme il était décidé que nous passerions la nuit à quelque distance de ce cours d'eau, les précautions ordinaires furent prises pour garantir la sécurité de la nuit. Après le thé, le docteur me prit à l'écart, et me dit d'un ton mystérieux :

— C'est demain, milord, que nous ferons l'essai de mes balles explosibles : j'en ai préparé douze ; vous prendrez avec vous votre serviteur noir, et moi je me suis assuré du concours de l'Américain.

Nous emmènerons quelques chiens, et sous prétexte d'approvisionner notre garde-manger, nous partirons demain au lever du jour, et je vous conduirai là où je suis sûr de trouver des tigres ; puis, me prenant par le bras, il me fit descendre sur le bord du cours d'eau, et m'indiquant du doigt les sables de la rive, il ajouta :

— Voyez les empreintes et leurs directions.

Ces empreintes prouvaient que les tigres s'étaient réfugiés dans un hallier que nous avions à notre droite. Après l'avoir bien examiné, je pensai que quelques grenades lancées dans les aprties les plus épaisses en délogeraient les tigres, si, comme tout portait à le croire, ils s'y étaient retirés.

Notre nuit ne fut troublée que par le glapissement des chacals; ces animaux vont toujours à la suite des tigres, dont ils dévorent les restes quand ceux-ci sont rassasiés : tout en se tenant à distance, ils paraissent vivre en bonne intelligence avec les tigres. Cette épreuve que me proposait le docteur me souriait beaucoup ; mais, comme je n'avais pas une confiance entière en ses balles explosibles, je chargeai une de mes carabines avec mes balles ordinaires, en faisant prendre la même précaution à mon Malgache.

Depuis quelques jours, la pureté du ciel était troublée par des amas de nuages séparés, et voguant rapidement vers le sud. Si le climat de l'Inde m'eût été mieux connu, j'aurais vu dans ces nuages les signes précurseurs de la saison des pluies. Dès le matin, longtemps avant le lever du soleil, nous étions debout et bien armés pour notre expédition. Phlox, comme toujours, m'accompagnait; deux autres des plus forts chiens formèrent toute notre meute.

— Allons encore revoir les vestiges du passage des tigres, me dit le docteur ; ces carnassiers ont besoin, comme nous l'avons déjà observé, d'absorber de grandes quantités d'eau.

Nous trouverons les traces qui nous indiqueront qu'ils se sont approchés du cours d'eau, et celles qu'ils ont laissées sur le sol en rentrant dans le hallier.

Nous suivîmes ces dernières à travers des broussailles peu rapprochées, et, nous plaçant sur une petite éminence qui dominait ce fourré, je fis lancer par le Malgache deux grenades aussi loin qu'il le put. A peine l'explosion s'était fait entendre, qu'un rauquement terrible, suivi de plusieurs autres, roule comme un tonnerre saccadé : mais les tigres ne quittaient pas leur repaire : il est probable qu'ils n'étaient pas à jeun, et que nous troublions leurs digestion et leur sommeil.

Deux autres grenades furent lancées simultanément dans la même direction ; alors, après de nouveaux rauquements, un tigre bondit à travers les broussailles, s'arrêta un instant à quelque distance de nous, comme explorant les environs. La carabine du docteur lui lança une balle explosible, mais ne l'atteignit point ; nous entendîmes seulement à quelque distance derrière le tigre une détonation assez forte, suivie d'une longue lueur semblable à un éclair rapide. Il n'était pas temps de faire des observations. Le grand carnassier avait déjà fait un bond vers nous, quand la balle du Malgache l'atteignit en pleine poitrine, car il l'avait tiré dans son élan. Alors, à ma grande stupéfaction, l'animal fit un bond en arrière, puis retombant sur le côté, il agita ses énormes pattes de l'avant-train. Je courus, je puis dire, étourdîment sur lui, persuadé qu'il était entièrement hors de combat. D'un coup de griffe, il me laboura profondément la cuisse, depuis l'aine jusqu'au genoux; je serais tombé à la portée de sa gueule, si mon intelligent Phlox ne m'eût saisi par mes habits et ne m'eût emporté comme il l'eût fait d'un enfant.

Le tigre était bien blessé mortellement; la balle avait fait explosion dans le voisinage de l'épine dorsale et l'avait brisée. Le sang coulait abondamment de ma blessure; le Malgache m'emporta jusqu'à l'éminence où nous nous étions d'abord placés, et le docteur courut bander ma blessure et arrêter l'effusion du sang.

Notre chasse était terminée; il fallait retourner au camp, tout en protégeant notre retraite. Là une terrible découverte nous attendait : les cinq half-cast, et un de nos serviteurs indous avaient disparu en emportant tout ce qu'ils avaient pu de nos chariots. Les corps des deux officiers anglais, encore chauds, étaient étendus auprès des chariots; ils avaient été étranglés. Des six chevaux que nous avions, il ne nous en restait que trois ; nos chiens avaient été tués à coup de baïonnettes, et chose horrible, une mèche soufrée aboutissant à notre baril de poudre, était presque consumée quand nous arrivâmes. L'arracher promptement fut l'affaire de l'Américain ; sans lui, je crois que nous nous serions laissés aller au désespoir.

— Allons, dit-il, nous avons encore quatre bonnes carabines pour repousser ces lâches assassins ; ils ne reviendront d'ailleurs pas. Ils ont à mettre leur butin à l'abri, et nous pouvons songer à réparer notre désastre.

Sans s'en occuper, le docteur me donna ses soins avec un dévouement et une habileté qui me soulagèrent un peu.

Il y a donc des pressentiments qui ne nous trompent pas ; j'avais soupçonné les métis de faire partie de l'association des Thugs, et mes soupçons étaient confirmés à l'instant où je ne pouvais me mouvoir.

Notre position était on ne peut plus critique : si les bandits m'avaient enlevé les lettres de crédit que j'avais sur les banquiers de Calcutta, il me devenait impossible de continuer mon expédition. D'un autre côté, le pouvais-je, dans l'état où je me trouvais? Malgré les assurances que me donnait le docteur que ma blessure pourrait être guérie en peu de temps, je me trouvais dans l'impossibilité de me transporter plus loin sans laisser un de mes chariots. Il ne me restait plus que trois chevaux, et malgré le pillage de Thugs et Bils, ce qui restait surchargeait encore un des chariots dont nous pourrions disposer à cause de nos trois chevaux restants.

Le Malgache savait seul où j'avais déposé mes lettres de crédit; je le chargeai d'aller voir si elles avaient été volées. Il revint tout joyeux, m'apportant la boîte en ferblanc qui les contenait.

— Quant aux roupies, je n'ai pu trouver que ce sac, que j'avais caché sous la peau de l'hyène, et qu'ils n'ont pas jugé bon d'emporter, comme fourrure de peu de valeur.

Cela me consola un peu; je pouvais encore faire face à nos dépenses dans la première bourgade où nous nous rendrions. Mais où la trouver? les half-cast, pour accomplir leurs projets, nous avaient fait dévier de la route pratiquée et pénétrer dans les djungles.

J'étais en proie à une fièvre ardente. Le docteur me dit que je pouvais me calmer; déjà le chariot que nous serons obligés de laisser est déchargé de tout ce qui peut nous être utile; avec l'autre, nous pourrons nous rendre dans la route fréquentée, et recevoir des renseignements des voyageurs et des pèlerins qui le parcourent.

Presque toute entière, la journée avait été employée à ce déménagement de chariots, et ce ne fut que vers le soir que nous atteignîmes la route de Calcutta à Mariapoor. Chercher une position pour le campement de la nuit, l'entourer de broussailles épineuses pour la préserver des attaques des carnassiers, fut l'emploi du reste de la journée. Le traitement auquel le docteur me soumit fut aussi simple que facile : il aspergeait à chaque instant ma longue blessure de l'eau fraîche tirée d'un ruisseau voisin. La fièvre sembla se calmer, et je m'endormis profondément. Mon Malgache et l'Américain veillaient; le docteur et deux serviteurs indous qui avaient échappé à la mort veillaient de leur côté.

Un rêve affreux me réveilla en sursaut. J'avais vu les corps des deux Anglais dévorés par les tigres, et entendu le craquement de leurs os sous la mâchoire puissante de ces carnassiers. Je me reprochai de ne pas les avoir mis en chariot afin de les rendre à la terre, au lieu de devenir la proie des bêtes féroces.

— J'y ai songé, me dit le docteur, et longtemps avant le lever du soleil, l'Américain est parti avec deux de nos serviteurs et deux chevaux, pour apporter les deux cadavres.

Nous fûmes distraits de cette pensée par le passage d'une dizaine de voyageurs. Ils nous apprirent qu'à environ trois milles, un poste anglais se trouvait établi dans les ruines d'une ancienne ville élevée par les Boudhistes, et maintenant envahie par les forêts : la révolte encore récente des cipayes avait obligé la Compagnie d'y établir ce poste, parce qu'une infinité de révoltés s'étaient réunis aux Thugs et à une autre association connue sous le nom de Chauffeurs.

Ces voyageurs nous dirent aussi qu'à cinq à six milles du lieu où nous nous trouvions, ils avaient rencontré un groupe d'hommes conduisant trois chevaux fortement chargés.

Le docteur prit note de ces déclarations et de la direction qu'avaient prise nos voleurs. Ce fut alors que l'Américain et ses deux compagnons revinrent. Ils n'avaient trouvé que des os, mais notre chariot était tel que nous l'avions laissé.

Après avoir pris quelque repos, l'Américain fut chargé d'aller à la découverte du poste anglais ; il en ramena dix hommes et deux sous-officiers. Lorsqu'ils eurent bien connu ce qui nous était arrivé la veille, un des sous-officiers nous demanda de lui donner un guide pour le conduire au lieu où ces événements s'étaient passés. Prenant alors nos chevaux, et nous laissant quatre soldats de garde, ils partirent sous la conduite du Malgache, avec l'intention de ramener notre second chariot, et de nous conduire ensuite à la station anglaise.

Le traitement que me faisait suivre le docteur avait des résultats plus que satisfaisants. La blessure gardait un caractère qui lui faisait espérer une prompte guérison : les chairs étaient d'une belle couleur, et aucune inflammation ne se déclarait dans ma cuisse.

Nous attendions donc avec une poignante impatience le retour du Malgache et des soldats : ce ne fut que lorsque la nuit était déjà avancée, que nous entendîmes un bruit d'abord faible, puis grossissant, et enfin dominé par la forte voix de mon Malgache.

Ils ramenaient notre chariot et les ossements des malheureux officiers anglais.

Le reste de la nuit fut bien triste, quoique nous eussions bonne provende, du vin de palmier et du thé en abondance.

Nous nous mîmes en route pour la station anglaise, et comme la voie était débarrassée de tout obstacle, nous pûmes cheminer et conduire nos deux chariots, à l'aide de deux chevaux que nous envoya le commandant de la station.

A notre arrivée, nous trouvâmes, au milieu des ruines d'une cité envahie par les plantes parasites, une retraite encore entourée de quelques murs, mais mise à l'abri de l'humidité de la nuit par une tenture en toile dont la nécessité se fit presque aussitôt sentir. De larges gouttes d'eau tombaient du ciel ; des nuages épais sillonnés d'éclairs fréquents passaient au-dessus de nos têtes. La saison des pluies faisait son annonce.

Il se trouva que le commandant de la station, nommé Commorn, était un ami et un frère d'armes des officiers étranglés. Sa colère, son indignation furent telles que, s'il ne se fût pas trouvé au commencement de la saison des pluies, il eût envoyé sur-le-champ, et sur les indications fournies par le docteur, la moitié de sa garnison à la poursuite des assassins. Mais la saison des pluies est si souvent accompagnée d'effrayants phénomènes atmosphériques, qu'il ne pouvait que songer à mettre sa garnison à l'abri de pareils désastres.

Dès qu'il connut ma position sociale, il se montra aussi empressé auprès de nous qu'il avait été froid et hautain à notre arrivée.

Un temple boudhiste abandonné depuis longtemps se trouvait creusé dans le roc vif, et offrait des espaces vastes pour mettre la garnison et mes gens à l'abri : il nous fit déblayer une des salles de ce temple, plus que suffisante pour y loger ma suite et nos chevaux, et plaça nos deux voitures de chaque côté du temple, comme deux immenses guérites à l'usage de ses soldats.

On verra par la suite combien ces précautions furent heureuses pour notre salut à tous.

Ma blessure se guérissait rapidement : seulement, le docteur craignait que je ne restasse un peu boîteux ; mais, grâce à ses soins et à ceux du docteur de la station, je pus entrer en convalescence sans éprouver les inconvénients que l'on craignait. Mais ici je dois terminer la première partie de mes chasses ; nous sommes au trois du mois de mai : les pluies vont commencer à tomber à torrents. Déjà les bas-fonds sont changés en marécages, et les marécages en immenses lacs. Il était impossible de voyager ; d'ailleurs les routes n'étant plus praticables, qu'eût-ce été à travers les djungles? Songeant à reprendre mon expédition de chasses et en même temps à observer plus particulièrement l'étrange pays où je me trouvais, j'attendis ma guérison complète et le retour de la saison sèche pour donner suite à mes projets.

FIN.

TABLE

TABLE.

CHAPITRE Ier.

Conversation de deux officiers anglais. — Leur entrevue avec lord Churchill. — Détails donnés par lord Churchill. — Association. 5

CHAPITRE II.

Entrevue avec lord Churchill. — Epreuves. — Détails donnés par ce dernier. — Association positive des deux officiers Anglais. 10

CHAPITRE III.

Réception des associés chasseurs. — Conversation avec un Yankee. — Satisfaction de lord Churchill. — Achèvement des préparatifs de départ, et prévoyance du chef de l'expédition. 21

CHAPITRE IV.

Le départ. — Incident. — Halte du milieu du jour. — Lord Churchill fait comprendre à ses compagnons que s'ils se sont crus bien préparés à leur expédition, ils ont oublié l'article essentiel, le vêtement. — Traversée dans l'île. — Nuit terrible. — Deux tigres tués. — Les chasseurs blessés ou contusionnés. — Phlox. — Spectacle affreux en retournant à la barque. 26

CHAPITRE V.

Retour au campement. — Piteux état. — Repos. — La nuit arrive avec les tigres. — Ils sont repoussés. — Leurs rauquements épouvantent la nuit. — Piétinement des chevaux. — Cris lamentables des chiens. — Le calme revient. 43

CHAPITRE VI.

Conseils aux chasseurs. — Observations sur l'instinct du chien et du cheval. — Un sanglier tué. — Observation du docteur. — Conclusion. — Une tranche de sanglier grillée. — Tombée de la nuit. — Indices de la présence des tigres. — Leur approche du camp. — Luttes de nuit. — Excursion. — Une panthère tuée. — Une hyène paraît sur le terrain. — Sa mort. 52

CHAPITRE VII.

Le nombre des chasseurs s'augmente. — Nouvelle incursion dans l'Inde. — Attaque d'un tigre. — Un blessé et beaucoup de contusionnés. — La tigresse. — Attaque terrible. — Sa mort. — On pénètre jusqu'à leur repaire. — Portée de petits tigres. — Retour au campement. 77

CHAPITRE VIII.

Etat du campement et des blessés et contusionnés. — Nouvelle sortie. — Rencontre d'un tigre. — Un blessé. — Retour au camp. — Conseil. — Proposition du docteur. — Grenades de sa façon. — Appât jeté au tigre. — Enlevé aussitôt. — Nouvelle expédition. — Les grenades du docteur. — Lutte terrible. — Tigre tué. — Un Anglais blessé. — Troupe de sangliers. — Effets d'une grenade. — Riche proie. — Révolte d'un cheval. — Nécessité de le débarrasser de la peau d'un tigre. — Rentrée au camp. — Jubilations du docteur. 90

CHAPITRE IX.

Indices de fièvre. — Conseils du docteur. — Levée du camp. — Arrivée dans la route de Calcutta. — Halte du soir.

— Veille de la nuit. — Indices donnés par Phlox. — Envoie de deux métis à la découverte. — Leur retour. — Révélations sur l'association des Bils et des Thugs. — Anxiétés. — Conseil et précautions prises. — Etranglement des deux officiers anglais. — Arrivée à une station anglaise. 111

FIN DE LA TABLE.

Limoges. — Imp. EUGÈNE ARDANT et Cie.

www.ingramcontent.com/pod-product-compliance
Ingram Content Group UK Ltd.
Pitfield, Milton Keynes, MK11 3LW, UK
UKHW020252250726
13967UKWH00004B/1638

9 782012 987432